LE RECLUS

DE

NORVÈGE.

LE RECLUS

DE

NORVÈGE,

PAR MISS ANNA MARIA PORTER,

TRADUIT DE L'ANGLAIS

PAR Mme ÉLISABETH DE B***,

Traducteur de la Dame du Lac, des Frères Anglais, etc., etc.

~~~~~~~~~~~~~~~~~~~~~~~~~~~~~~~~~~~~~

TOME QUATRIÈME.

~~~~~~~~~~~~~~~~~~~~~~~~~~~~~~~~~~~~~

PARIS,

H. NICOLLE, A LA LIBRAIRIE STÉRÉOTYPE,

RUE DE SEINE, N° 12.

———

M. DCCCXV.

60228

LE RECLUS

DE

NORVÈGE.

~~~~~~

CHAPITRE PREMIER.

———

Dès que le comte de Lauvenheilm n'entendit plus le bruit de la voiture qui emmenait Anastasia et Ellésif, il frémit et se regarda comme perdu. Il prêta l'oreille, cherchant à se faire illusion, et s'imaginant qu'un événement inattendu ramènerait auprès de lui ces deux êtres chéris. Une heure s'écoula dans cet état d'angoisse, et l'infortuné comte, bien convaincu du fatal départ de ses filles, désespéra de les revoir jamais, tomba sur un siége, anéanti par le saisissement

4.   1

et la douleur. Le déshonneur, l'exil, et
peut-être l'échafaud l'attendaient; la
misère, la honte et le désespoir étaient
reservés à ses filles :..... à cette idée
terrible, tout son sang se glaçait, tout
son courage l'abandonnait.

Hélas! son supplice commençait déjà.
Sa conscience l'accablait des plus cruels
reproches, et lui criait hautement qu'il
méritait son sort: Un homme tel que le
comte de Lauvenheilm devait connaître
le remords, premier châtiment et première expiation de son crime; un cœur
si noble ne pouvait être entièrement
perdu pour la vertu. L'idée de Théodore
vint encore ajouter à sa douleur : combien il se repentait à présent de son injustice envers lui! Combien il admirait
sa vertueuse résistance! combien il regrettait de n'avoir pas suivi ce généreux
exemple!... Un moment, un seul moment le soupçon de la trahison de Théodore s'offrit à sa pensée : mais ce soupçon passa comme un éclair; le comte

connaissait trop bien le noble jeune
homme, pour croire avec réflexion qu'il
étai capable de vouer son bienfaiteur à
la honte et à la mort. En proie aux regrets du passé, aux craintes de l'avenir,
accablé par le remords de son crime et
l'impossibilité de le réparer, le malheureux comte, persuadé qu'un aveu ne
sauverait ni sa vie ni son honneur, et
perdrait ses complices, entraîné par un
reste d'espoir, et coupable par générosité, résolut d'attendre l'événement.

La maladie d'Ellésif lui paraissait un
témoignage de plus de la colère céleste. Il prévoyait avec horreur qu'elle
ne voudrait pas lui survivre, et qu'A--
nasthasia, pour l'élévation de laquelle il
avait tout sacrifié, abandonnée par le
prince dont elle était maintenant l'idole,
resterait seule en but à la misère et au
mépris.

La Providence le livra à ses pénibles
réflexions durant une longue semaine
qui s'écoula entre le départ de ses en-

fants et l'arrivée de quelques personnes de Copenhague. A dater de ce moment, tout devint pour lui un sujet d'alarmes et de soupçons. Obligé par sa place et ses propres résolutions de paraître constamment en public ; mais incapable de dissimuler ses inquiétudes, le comte, en dépit de tous ses efforts, laissait lire sur son front soucieux le trouble de son âme. Il circulait déjà des bruits sourds de sa disgrâce, et chacun voyait l'orage se former et devenir chaque jour plus menaçant.

Justement attachés à lui pour prix des soins paternels qu'il avait pris de leurs intérêts durant sa courte administration, les Norvégiens augmentaient les témoignages de leur amour et de leur reconnaissance à mesure que le Danemarck montrait plus d'animosité. Un dévouement si ouvertement manifesté fit prendre à la cour la résolution de n'adopter que des mesures de précaution, jusqu'à ce que des preuves irrécusables pussent, en la justifiant, prévenir le ressentiment populaire.

Un soir, le comte, retiré dans son appartement, débarrassé des soins d'une importune représentation et du masque fatigant d'une apparente gaieté, réfléchissait plongé dans une profonde rêverie, lorsqu'un grand coup frappé à la porte du gouvernement le fit tressaillir. Il était minuit ; nulle visite ordinairement n'arrivait à cette heure. Sa première pensée fut qu'on venait l'arrêter, et cet instinct naturel, cette passion pour la liberté que l'on préfère presque à la vie, lui fit regarder autour de lui pour chercher ses armes. Dans la confusion de ce premier moment, il saisit tout à la fois une épée et un pistolet : mais revenant bientôt à des sentiments plus justes, convaincu que la résistance serait un nouveau crime, puisqu'il était coupable, il jeta ses armes, et déterminé à périr s'il le allait, mais avec dignité, il demeura calme et résigné à tout événement.

Après un court intervalle d'une cruelle incertitude, son secrétaire parut tout seul, et l'informa qu'une partie des gens du prince Charles, gouverneur-général de la Norvège, arrivaient à l'instant. Le comte voulut les voir et les interroger. Il apprit que le prince débarquerait dans trois jours au plus tard, et résiderait d'abord au palais du gouvernement.

Quel était l'objet de cette visite? Personne ne paraissait le savoir ou ne voulait le dire : le projet soudainement formé avait été sur-le-champ mis à exécution.

Après avoir donné les ordres nécessaires à ses gens, le comte se retira dans son appartement pour réfléchir en liberté.

Ce qui paraissait obscur aux autres était fort clair pour lui. Il ne pouvait se méprendre. La hache, suspendue depuis long-temps, allait tomber sur sa tête, et le comte de Lauvenheilm n'avait plus rien à faire en ce monde qu'à désarmer le ciel par son repentir. Une pieuse et solennelle méditation suivit cette terrible réflexion ; mais bientôt l'image de ses filles orphelines, désolées et méprisées, ramena son âme de 'la région des cieux sur la terre ; l'infortuné pleurait, priait, implorait le pardon du Tout-Puissant pour lui-même et sa protection pour ses filles ! Qu'étaient devenus les séduisants prestiges de l'ambition, les illusions flatteuses de la puissance ? Tout avait disparu, excepté la honte et le remords, compagnons assidus du coupable.

La nuit était déjà fort avancée, et depuis long-temps le comte de Lauvenheilm n'entendait que ses propres gémissements. Tout à coup on frappa légèrement à sa porte : le comte, surpris et alarmé, prêta l'oreille. Bientôt on frappa une seconde fois, mais plus dou-

cement encore , et avec précaution.
— Qui est-là? demanda le comte. — Frédenheim ; répondit-on à voix basse ; si
vous attachez du prix à votre honneur,
ouvrez-moi : je risque en ce moment
ma vie pour sauver la vôtre.

Le comte restait immobile ; la respi-
ration lui manquait , son cœur battait
avec force , en proie tour à tour à la
crainte , à l'espoir. Cet homme , valet-
de-chambre favori du gouverneur général, pouvait en effet avoir quelque chose
de très - important à lui communi-
quer.... peut-être venait-il pour l'assas-
siner :.... n'importe , il fallait que le
sort du comte s'accomplît ; il fallait
sortir de cette horrible angoisse :.... le
comte n'hésita pas à ouvrir la porte.

Frédenheim passa rapidement devant
lui , et du bout de la chambre fit signe
au comte de bien fermer la porte et de
s'approcher. Le jeune homme, extrêmement pâle et agité , porta sa main tremblante dans son sein , et fit un mouve-

ment vers le comte qui ne s'éloigna pas,
quoiqu'il s'attendit à recevoir le coup
fatal. Il se trompait : Frédenheim tira un
papier qu'il lui présenta ; il contenait
ces mots écrits en caractères bien familiers au comte :

« Vous êtes perdu, je le crains : mais
« je ne puis oublier que vous êtes mon
« beau-frère. J'essaierai d'en faire sou-
« venir le roi. Fiez-vous à Frédenheim ;
« je n'ose vous en dire davantage.

« CHARLES. »

Le comte regardait alternativement ce
papier, et la personne qui le lui appor-
tait, sans prononcer un seul mot. Tout
son corps frissonnait et sa figure avait la
pâleur de la mort.

Frédenheim lui prit le bras : — Vous
avez lu, monseigneur : mes instructions
sont de sacrifier ma vie s'il le faut pour
sauver la vôtre ; le prince Charles m'a
chargé de vous informer que le secrétaire Adlercreutz est dans ce moment
à Copenhague.

I.

A ce nom, le comte fit une telle exclamation que Frédenheim parut saisi d'une nouvelle frayeur, et le conjura de garder plus de ménagement. —Si quelqu'un pouvait nous entendre, excellence,.... Si l'un de vos gens... —Non, non; il n'y a personne près de moi, reprit le comte précipitamment et d'un air consterné. Adlercreutz? dites-vous;... le traître..... Il s'arrêta et regarda Fredenheim comme s'il craignait de s'être trahi lui-même devant un espion.

Nous n'avons point de temps à perdre, reprit le jeune homme; mon maître essaie en ce moment de vous sauver au risque de déplaire au roi; dans trois jours il ne pourra plus rien pour vous, et votre mort est certaine, car sa commission est de saisir votre personne et vos papiers. Adlercreutz accompagnera son altesse royale, par ordre de la Cour.

Je suis perdu alors! s'écria le comte tombant sur un siége. — Non, monseigneur, si vous osez vous fier à moi.

—Eh! pourquoi douterais-je de vous si vous êtes sincère? demanda le comte d'un air soupçonneux. —Oui, monseigneur, je le suis; ce papier en est le gage.—Que dois-je donc faire?, demanda le comte presque hors de lui.

Frédenheim alors lui expliqua rapidement la marche tracée par le prince Charles pour le faire échapper. Il devait se déguiser sous les habits du domestique de Frédenheim, et le suivre à la forteresse de Konswinger, où le jeune danois devait recevoir la permission de passer en Suède, avec un domestique, en vertu d'un ordre du gouverneur général.

Mais comment le gouverneur d'Ager-Huus sortirait-il de Christiana, sans que son absence fût découverte et la cause de sa fuite soupçonnée? Frédenheim à l'instant lui conseilla de se rendre publiquement, le lendemain, à sa maison de campagne, heureusement située sur la route qu'ils devaient prendre, et de charger son secrétaire des affaires jour-

nalières du gouvernement pour les deux
jours suivants ; lui Frédenheim partirait
le premier avec un seul domestique qu'il
trouverait moyen d'écarter sous quelque
prétexte, tandis que le comte viendrait
le joindre au lieu désigné. Ils se ren-
draient de là à Konswinger où le comte
n'était pas connu. Son déguisement et
la promptitude de leur fuite semblaient
d'ailleurs assurer sa sûreté et le succès
de l'entreprise.

Frédenheim mettait tant de chaleur
à prouver la nécessité de ce plan, qu'il
excita les soupçons d'un homme habitué
aux stratagèmes des cours. Le comte
gardait le silence, et son œil scrutateur
cherchait à démêler la vérité. Tout à
coup ses pensées prirent une autre direction.

Fallait-il accepter la vie à ces condi-
tions humiliantes ? fallait-il devoir son
salut à un déguisement, à une lâcheté, à
un homme qui le méprisait sans doute
en le sauvant ? Fallait-il enfin se dérober

à la punition due à son crime? Une telle
conduite était-elle courageuse et digne
du comte de Lauvenheim?

Mais, hélas! s'il refusait de se soumettre à cette humiliation, que deviendraient ses filles? Proscrites comme les
enfants d'un traître et déshonorées par
son supplice, précipitées du faîte des
grandeurs, où iraient-elles chercher,
où trouveraient-elles un asile? Le devoir
paternel ne lui ordonnait-il pas de se
sauver par amour pour elles?..... Le
comte, intérieurement décidé, demanda
quelques détails à Frédenheim qui,
au lieu de lui répondre, le conjurait de
ne pas perdre un seul moment pour faire
ses préparatifs.

—A quoi dois-je votre extrême intérêt à mon sort? demanda le comte d'un
air soupçonneux.

—A mon attachement pour mon maître, monseigneur!

—Mais comment reviendrez-vous près
de lui? demanda encore le comte sou-

dainement frappé de cette difficulté, et, comment fera le prince Charles, lui-même, pour éviter la colère du roi en apprenant qu'il aura donné l'ordre nécessaire pour faciliter mon évasion ?

Le poids en retombera sur moi, répondit Frédenheim ; quand vous serez en Suède, cet ordre passera pour avoir été extorqué, et comme j'ai accès dans l'appartement particulier du prince, on croira facilement que je me suis emparé de son sceau. Le prince niera tout, jusqu'à ce qu'il ait préparé l'âme du roi à lui pardonner ; car il compte bien un jour lui avouer ce qu'il fait en ce moment pour vous.

Le comte de Lauvenheilm couvrit son visage de ses mains, accablé par la honte de forcer un prince généreux à souiller sa dignité par la dissimulation et le manque de foi à son souverain.

La famille de ma mère réside en Suède, reprit Frédenheim ; et comme le prince Charles m'a déjà noblement

récompensé, je peux rester avec mes
parents jusqu'à ce que mon généreux
maître obtienne pour moi la permission
de revenir en Danemarck sans danger.

— Mais comment le prince Charles
espère-t-il que le roi lui pardonnera de
lui avoir enlevé sa victime ? demanda le
comte d'un air égaré.

— Vous êtes beau-frère de sa majesté,
monseigneur, ainsi que le prince Charles,
et mon maître espère beaucoup de l'ancienne amitié du roi pour votre excellence. Il lui rappellera les calomnies et
les persécutions de vos ennemis, les af-
fronts publics qui ónt dû naturellement
vous exaspérer ; tels sont du moins les
motifs auxquels mon maître attribuait
vos fausses mesures. Il vous excusait,
monseigneur, et ne me parlait de vous
que les larmes aux yeux.

A ces mots, celles du comte de Lauvenheilm coulèrent en abondance ; son
cœur désarmé ne put résister plus long-

temps aux regrets et à la reconnaissance.

Frédenheim, avant de le quitter, lui
répéta les détails de leur plan pour le
lendemain matin, en lui recommandant
de ne pas s'en écarter d'un seul point.
Tant de précautions donna l'alarme au
comte. —Vous êtes étrangement inquiet
pour moi, lui dit-il, le regardant d'un
œil observateur, et relisant le papier
écrit par le prince Charles.

—Relisez, monseigneur, dit Frédenheim sans s'émouvoir.

Ce calme pouvait être la sérénité d'un
honnête homme, ou le masque artifi-
cieux d'un perfide. Son prétendu libé-
rateur pouvait n'être qu'un instrument
pour le conduire plus sûrement à la
mort. Si le gouvernement danois avait
des raisons pour s'assurer de lui secrètement, il pouvait avoir concerté ce complot pour qu'il se livrât lui-même au
commandant de Konswinger. A cette

triste supposition, son attendrissement
se changea en trouble et en incertitude;
il gardait le silence, les yeux toujours
fixés sur Frédenheim.

— Jeune homme, lui dit-il enfin, en
se levant d'un air sévère et majestueux,
mon sang retombera sur votre tête si
vous me trompez! mais si vous avez l'intention de me sauver, les prières de
mes innocentes filles attireront les bénédictions du ciel sur le protecteur de leur
père.... Misérable ambition!.... mépri-
sable politique!.... Voilà donc vos fu-
nestes résultats!.... la crainte! les soupçons! la défiance! Cependant je me
livre à vous;.... que je vive ou que je
meure, peu m'importe à présent..... La
vie désormais ne peut avoir de charmes
pour un homme qui ne jouit plus de sa
propre estime; je ne me sens la force
de la supporter que par amour pour
mes filles infortunées.

Le comte crut voir une larme couler
sur la joue de Frédenheim; et la voix

de ce jeune homme était certainement
altérée, lorsqu'il répondit respectueusement : monseigneur, vous ne me con-
naissez pas, et vous êtes entouré d'ennemis ; vos soupçons ne m'étonnent pas ;
mais vous avez deux gages de ma foi. Je
suis le fidèle serviteur du meilleur des
princes, et mon oncle jouit d'un honorable emploi qu'il doit à votre excellence.

— Quel est le nom de votre oncle ?

— Coperstad, monseigneur.

A ce nom, le comte de Lauvenheilm
tressaillit involontairement. Le souvenir
des tentatives qu'il avait faites auprès de
Théodore pour séduire la probité de ce
même homme se rattachait à son nom.
— Laissez-moi, jeune homme, lui dit-il ;
je suivrai votre plan ; laissez-moi. Je
vous remercie.

Frédenheim le salua et se retira.

Sa parenté avec M. Coperstad dissipa
toutes les craintes du comte de Lauvenheilm sur l'honnêteté de ce jeune

homme. Le neveu n'était certainement
pas capable d'entrer dans un cruel complot pour assurer la mort du bienfaiteur
de l'oncle.... Honteux de ses soupçons,
le comte se rappela dans ce moment
ceux qu'il avait osé concevoir contre l'in-
corruptible Théodore ; il reconnut en
rougissant son injustice. Un individu
mieux instruit du complot, le traître
Adlercreutz, l'avait évidemment dé-
noncé. Adlercreutz était à Stockolm le
principal agent de la conspiration. Sans
doute quelque mécontentement de son
gouvernement, plutôt qu'aucune animosité contre le comte, avait déterminé
sa conduite en cette occasion : mais
quel qu'en fût le motif, le comte n'osait
donner le nom de trahison à une action
moins coupable qu'aucun de ses des-
seins.

Adlercreutz avait la clef des différents
chiffres qu'ils avaient employés. Le
comte, profitant de l'avis salutaire de
Frédenheim, ne perdit pas un moment

pour livrer aux flammes toute sa correspondance.

Cette opération faite, il se jeta sur son lit; mais il était si agité, qu'il fut obligé de se relever et de passer le reste de la nuit sur pied.

Frédenheim annonça le matin, dans la salle d'audience, qu'il allait porter un message du prince Charles au gouverneur de Konswinger, et immédiatement après son départ, le comte, ayant donné publiquement les ordres nécessaires, témoigna l'intention de passer à sa campagne tout le temps que le prince résiderait au gouvernement dont il voulait lui laisser l'entière et libre disposition. Il eut soin de n'emmener avec lui que peu de domestiques; et le soir, quand tout le monde fut retiré, il sortit doucement de sa chambre à coucher, descendit un petit escalier dérobé, qui le conduisit dans le jardin, et de là sur la grande route.

Il avait deux milles à faire avant d'atteindre le lieu où Frédenheim l'attendait avec deux chevaux. Le ciel brillait d'étoiles, mais un vent impétueux soufflait avec violence ; le bruit lointain des vagues, le craquement des arbres, tout maintenant intimidait le comte jadis intrépide. Triste effet d'une conscience coupable ; à chaque instant il croyait entendre le bruit des chevaux, et se figurait qu'il était poursuivi.

Quand cette crainte fut calmée, une plus pénible encore vint assaillir son âme. Hélas ! ses filles, peut-être, voguaient en ce moment sur cet Océan furieux dont les rugissements, apportés par le vent, produisaient l'effet d'un tonnerre éloigné ; grand Dieu ! quel sort leur était réservé ! Peut-être, pour combler sa misère, le ciel avait-il décrété que la honte et les périls auxquels il s'exposait pour elles, deviendraient inutiles ; peut-être la tempête, qui grondait maintenant sur sa tête proscrite, anéantissait-elle les objets si chers qui seuls l'attachaient encore à la vie !

Il éleva les yeux vers le ciel avec une expression douloureuse, en s'écriant d'une voix étouffée : Que ta volonté soit faite, ô mon Dieu ! et s'enveloppant dans son manteau, il poursuivit sa marche, en proie au plus affreux désespoir. Ah ! quels succès criminels l'auraient dédommagé de l'angoisse affreuse de ce voyage solitaire ?

Il avançait, partagé entre la confiance et le soupçon. Bientôt, apercevant la place obscure désignée pour le rendez-vous, il s'arrêta un moment. C'était un enfoncement séparé de la grande route par deux rochers élevés. A l'ombre de l'un d'eux, il crut distinguer des chevaux et la figure de Frédenheim. Celui-ci, dès qu'il reconnut le comte, s'avança précipitamment vers lui, parcourant d'un œil inquiet tous les environs, et le pressa de monter à cheval.

Le comte de Lauvenheilm saisit la bride avec un mouvement convulsif. Il sentait la nécessité d'une prompte fuite, et cependant son âme, naturellement si noble, s'indignait du déguisement et de l'humiliation auxquels il se soumettait.

Il vaudrait mieux mourir, dit-il à demi-voix, retirant sa main de dessus le cou du cheval. — Au nom du ciel, monseigneur, revenez à vous ; voulez-vous donc vous exposer à une mort infâme ?

Cette brusque question changea les sentiments du comte ; il serra la main du jeune homme, et monta à cheval.

Ils gardèrent le silence, allant aussi rapidement que la route le leur permettait. A chaque station, les ordres supérieurs, présentés par Frédenheim, leur procuraient des chevaux ou des bacs lorsqu'ils avaient des rivières à traverser.

La douleur peut-être déguisait le comte encore mieux que l'habit qu'il portait.

Nulle part on ne le reconnut. Dans un seul endroit, tout près de Konswinger, il eut un instant d'inquiétude, causée par un paysan qui dit à un soldat, assez haut pour être entendu : Cet homme ressemble à notre bon gouverneur.

Il était nuit lorsque les voyageurs atteignirent la forteresse bâtie sur un rocher. En raison d'un arrangement de prévoyance, le comte de Lauvenheilm resta en dehors, comme s'il prenait soin des chevaux, tandis que Frédenheim montait au château pour produire son ordre et obtenir du commandant le passe-port nécessaire pour passer à l'instant les frontières.

Un sentiment momentané de sa dégradation actuelle gonfla le cœur du comte, lorsqu'il se vit réduit au rôle de palefrenier, attendant les ordres d'un serviteur du prince de Danemarck. Honte fausse et tardive ! Il s'était dégradé réellement en s'écartant du sentier de l'honneur ; en conservant sa vertu, il aurait sauvé sa dignité, dont sa faute l'avait dépouillé.

Frédenheim en montant le rocher se retourna vers le comte, qui crut le voir sourire d'un air triomphant. Était-ce le sourire de la malignité ou celui de l'intérêt? Le comte n'était pas en état d'en juger : mais il regardait monter le jeune homme avec une vive inquiétude.

La porte s'ouvrit, et, après quelques pourparlers, se referma sur lui. Maintenant, pensa le comte, mes doutes finiront bientôt; s'il m'a trompé, mon sort va se décider. Cependant il touchait aux limites des deux royaumes.... Quelques pas encore et il se trouvait sous la protection de la Suède, sans attendre un douteux résultat :.... mais s'il était arrêté,..... les militaires se tenaient sur leurs gardes, et si une seule sentinelle s'opposait à son passage, il ne pouvait exhiber aucun ordre qui l'autorisât à passer en pays ennemi.

Dans ce moment les portes de Kons-

4. 2

Winger s'ouvrirent..... Je suis perdu !
s'écria-t-il tout haut. Personne, heureusement, n'était assez près pour entendre
cette indiscrète exclamation ; et l'instant
d'après, il vit une personne seule descendre de la forteresse, et courant avec une
telle rapidité qu'on eût dit qu'elle allait
se précipiter du haut du rocher. La clarté
du crépuscule lui fit bientôt reconnaître
Frédenheim. — Nous sommes sauvés !
s'écria-t-il en montant à cheval et faisant
signe au comte de le suivre.

Dans ce moment le comte de Lauvenheim fut tenté de descendre pour
demander pardon de ses injurieux soupçons au généreux Frédenheim, qui ne
lui permit pas même de répondre, et
piqua vivement son cheval en l'exhortant à l'imiter.

Il ne distingua plus, à travers l'obs-
curité, que les tours massives de la forteresse et les cimes blanchies des Alpes
norvégiennes. Il soupira profondément
et sentit ses yeux humides de pleurs en

pensant qu'il abandonnait pour toujours
ce pays où il avait espéré régner en
maître; que, par sa fuite, il s'avouait
criminel et ratifiait la terrible sentence
qui allait le poursuivre dans sa retraite....
Comme la fortune se joue des destinées!
Dans le même moment, Théodore quittait aussi la Norvège pour aller chercher les honneurs, les richesses dans le
pays de ses ancêtres.

Le comte, absorbé dans ses tristes
pensées, s'était arrêté pour contempler
encore une fois la patrie à jamais per-
due pour lui. La voix de Frédenheim
le rappela à lui-même, et quelques minutes après, ils se trouvèrent au milieu
d'une garde suédoise et tout près d'un
village. Le comte, abandonnant son déguisement, s'annonça comme ami, et
pria l'officier de le faire conduire sur-
le-champ vers un des membres de la
régence. Tout s'arrangea suivant son
désir, et, accompagné de Frédenheim,
il prit avec une escorte la route de
Stockholm.

Durant ce long voyage, les tumul-
tueuses pensées du comte furent rempla-
cées par une si profonde tristesse, que
ni sa reconnaissance pour son sauveur,
ni l'espoir d'embrasser encore une fois
ses enfants, ne pouvaient le distraire un
instant. Il ne jouissait plus ni de la paix
de la vertu, ni de ses propres illusions;
et le temps n'avait pas donné à ses remords le calme et la résignation du
repentir.

Ce fut dans cet extrême abattement
qu'il atteignit Stockholm. Les membres
du conseil de régence le reçurent à bras
ouverts. Quoique la trahison d'Adlercreutz les eût frustrés de leurs espérances, ils sentirent qu'un homme tel que
le comte pouvait être extrêmement utile
à leurs projets : ils lui firent donc l'accueil le plus flatteur, et lui offrirent un
poste important dans le gouvernement.

Mais le cœur déchiré par tant de
blessures que la réflexion irritait encore,
le comte rejeta avec horreur cette pro-

position, renonçant solennellement aux
vues ambitieuses, qui ne pouvaient se
réaliser que par de nouvelles trahisons
contre son souverain, et demandant seulement protection dans la profonde
retraite où il voulait vivre jusqu'à ce
qu'il eût des nouvelles de ses filles.

L'évêque de Lubeck avait pris une
part très-active à cette intrigue politique :
mais Adlercreutz ne pouvait en fournir
la preuve. Le Danemarck, malgré sa
jalousie et ses projets d'envahissement,
se voyait forcé de respecter la neutralité
du Holstein, faute de prétexte plausible
pour la rompre. Le comte espérait donc
que dans le cas où ses filles se verraient
inquiétées dans le Sleswick, elles trouveraient un asile assuré et agréable auprès du régent de Holstein. Il lui écrivit
pour l'informer de ses malheurs, lui re-
commander ses enfants, et lui déclarer
qu'il renonçait à toutes les espérances
fondées sur leurs premiers projets.

Le comte s'occupa aussi de payer

un juste tribut de reconnaissance à son
sauveur. Il la lui exprimait avec tant de
sensibilité, que Frédenheim aurait avec
joie partagé le sort futur du comte,
sans son attachement profond pour son
premier maître, et l'espoir de le rejoindre
bientôt.

Avant que ce fidèle serviteur partît
pour Carlscrona, près duquel vivaient
les parents de sa mère, le comte, qui
chaque jour sentait revivre son tendre
intérêt pour Théodore, lui fit plusieurs
questions sur son compte; mais Frédenheim savait seulement que Théodore
s'était rendu chez Dofreston, où il attendait le retour de sa santé pour passer en
Espagne, et que M. Coperstad n'avait
jamais reçu de lui aucune explication
sur les raisons qui lui avaient fait quitter
son protecteur. A cette nouvelle preuve
des vertus de Théodore, le comte sentit redoubler son admiration et ses regrets. Livré à la plus sombre mélancolie, il résolut d'abord de ne plus

prendre d'informations sur son pays ;
mais bientôt il éprouva l'irrésistible désir, ou plutôt le besoin de savoir si
son nom était déjà voué à l'infamie.

Rien ne transpirait. La cour danoise
gardait un silence effrayant ; le public
ignorait encore la vérité ; mais les cour-
tisans, amis ou ennemis de Lauvenheilm,
ses parents, tous approchant du trône
ou alliés du souverain, savaient tout.
Les uns intriguaient pour consommer
la perte du comte, les autres agissaient
pour le sauver. A la tête de ces derniers
se faisait remarquer le prince Charles,
qui s'exposait chaque jour à la colère
du monarque pour obtenir la grâce d'un
coupable qui, dans le silence et l'abattement du désespoir, attendait la publica-
tion de son crime et l'arrêt qui prononcerait sa condamnation.

Heureusement, son alliance avec la
famille royale et la force de son parti
l'emportèrent sur la colère de Frédéric,
qui consentit à ne prononcer qu'une

sentence de bannissement contre le comte et la confiscation de ses biens. Ses terres et celles de sa fille aînée furent immédiatement séquestrées, et lorsqu'Anasthasia et Ellésif arrivèrent dans le Sleswick, elles trouvèrent les portes fermées pour elles, et apprirent par la personne qui leur en refusait l'entrée, l'histoire, la faute et la honte de leur père.

Comme elles étaient comprises dans la sentence de bannissement, il leur était impossible de rester sur le territoire danois. Leur parente, madame Rotherstein, n'osait les recevoir ni même leur donner un secret asile pour une nuit. Qu'allaient-elles devenir? Quel parti prendre?

Anasthasia seule conservait le pouvoir de penser et d'agir, car la malheureuse Ellésif, consternée du terrible récit qu'elle venait d'entendre, et comme frappée de la foudre, était tombée sans connaissance devant cette maison jadis la propriété de son père, et ne donnait d'autres signes de vie que de sourds et muets gémissements.

La seconde voiture remplie par leurs gens arriva dans ce moment, et sans comprendre rien à cet événement, ils entourèrent leur jeune maîtresse, et lui prodiguèrent les plus tendres soins, en manifestant leur vive inquiétude.

Par un mouvement soudain de tendresse, Anasthasia pressa Ellésif contre son cœur, en disant à l'agent danois, gardien de la maison : Vous la voyez mourante, et vous refusez de la recevoir ! Ellésif, chère et malheureuse sœur, mes bras au moins seront votre lit de mort !

Anasthasia se jeta sur la terre à côté de sa sœur, et, la serrant dans ses bras, fondit en larmes.

— J'ai mes ordres, madame, reprit le barbare agent; je ne peux ni ne veux vous recevoir.

Malheureux ! s'écria Anasthasia presqu'égarée, tu sais que je n'ai rien à

2.

t'offrir ; et ma beauté qui devait, disait-on si souvent, attendrir des rochers, ne t'émeut pas :...... Ah ! tout, tout dans la vie n'est qu'imposture !

Elle souriait avec amertume en disant ces mots ; et jamais cette beauté qu'elle semblait déprécier, n'avait brillé d'un plus vif éclat. La douleur, l'indignation, les larmes, le désordre de sa parure donnèrent à sa physionomie ce charme touchant, cette expression animée qui lui manquait ordinairement. Que faisaient cependant les deux personnes chargées par le comte de les accompagner, de les protéger ? Huffendal et sa femme déploraient leur propre sort, et s'occupaient fort peu des deux sœurs. Anasthasia, éclairée tout à coup par une inspiration subite, se releva en s'écriant : J'ai pris mon parti ; aidez-moi, madame Huffendal, à porter Ellésif dans la voiture ; je trouverai protection en Allemagne.

Le baron Huffendal, avec quelque

fierté, lui demanda ce qu'elle voulait dire, répétant qu'il était trahi, qu'il était ruiné par le comte, et que la baronne et lui se trouvaient, en dépit de leur innocence, enveloppés dans le malheur de la famille Lauvenheilm.

Pour la première fois de sa vie, Anasthasia sentit qu'elle devait acheter une protection momentanée à quelque prix que ce fût ; elle le prit à part, et l'assura que son contrat de mariage étant passé avec le prince régent de Holstein, elle et tous ceux qui l'accompagneraient seraient bien reçus dans ses états.

Huffendal n'avait pas le choix ; il consentit à risquer le tout pour le tout, en la suivant dans le Holstein, quoiqu'il ajoutât peu de foi à l'assertion d'Anasthasia.

Pendant leur court entretien, madame Huffendal remplissait l'air de ses lamentations, et semblait ne pas remarquer la malheureuse Ellésif, toujours immobile et glacée, étendue par terre sur la pélisse de sa sœur.

Anastasia revint pleurer près d'Ellésif, pendant que le baron apaisait les cris de sa femme, en lui proposant de quitter entièrement le Danemarck, et de s'attacher au sort d'Anasthasia.

La perspective d'une cour et de nouveaux honneurs rendit sur-le-champ à madame Huffendal sa bonne humeur. Elle courut vers les deux sœurs avec un visage riant comme s'il n'existait plus de causes de douleurs; elle déclara qu'elle était prête à les suivre partout, ainsi que son mari, qui s'empressait d'aider les gens d'Ellésif à la porter dans la voiture.

Anasthasia garda un morne silence, que les nombreuses questions de madame Huffendal et les remarques offensantes du baron ne purent lui faire rompre. Quel champ pénible s'ouvrait en effet à ses réflexions! Ne se trompait-

elle pas sur l'attachement du prince ?
n'avait-il pas déjà retardé son mariage
sous de vains prétextes ? ne craindrait-
il pas en ce moment de ratifier ses premiers engagements ?.... Rien sur ce
point n'éclairait Anasthasia : mais elle
avait besoin d'un asile convenable à
son rang ; elle ne pouvait le trouver
qu'à la cour de Holstein : elle s'y rendit donc, bien décidée à refuser la
main du prince, s'il paraissait hésiter
un moment.

Insensiblement, Ellésif reprit l'usage
de ses sens. Ses yeux, en s'ouvrant, cher-
chèrent ceux de sa sœur et les interro-
gèrent avec tant d'inquiétude, qu'Anasthasia se hâta de lui dire : Ne vous aban-
donnez pas ainsi au désespoir, ma chère
Ellésif. Bientôt nous reverrons mon père ;
il nous expliquera tout cela ; vous savez
qu'il a de puissants ennemis. Ellésif ne
répondit que par un profond soupir ; et,
l'instant d'après, elle s'écria : Où allons-
nous maintenant, Anasthasia ?

A Kiel, répondit sa sœur. J'espère que nous y trouverons mon père, ou que, du moins, nous apprendrons ce qu'il est devenu.

Ellésif se jeta au cou de sa sœur, et soulagea son cœur oppressé par des flots de larmes. Jamais l'infortunée n'avait éprouvé un pareil mélange de terreur et de désespoir. Dans le sort de son père, elle trouvait l'explication des expressions mystérieuses dont il s'était servi au sujet de Théodore, lorsqu'elle affirmait qu'il était incapable d'une bassesse. « El-« lésif, avait dit le comte, vous serez « bientôt détrompée !... » Il savait donc alors qu'il était trahi ; et par qui ?... Par Théodore sans doute auquel il avait confié ses projets !.... Quelle horrible ingratitude ! ou plutôt quelle impitoyable justice !.... quelle indifférence cruelle sur les suites d'une pareille action ! Et voilà l'homme qu'elle avait décoré de tous les attributs de la perfection !..... Ellésif, accablée par ce coup cruel, partagée entre l'étonnement et l'horreur, ne pouvait croire encore à tant de perfidie... Cependant son père avait parlé. Il errait maintenant proscrit et persécuté, victime d'un ami qu'il avait traité comme son fils!... Ah! je l'ai trop aimé, pensait la malheureuse Ellésif. Mon amour en avait fait un Dieu, et le ciel me punit sans doute de ma coupable idolâtrie!.... Telles étaient les réflexions douloureuses auxquelles se livrait Ellésif dans la route.

CHAPITRE II.

À la dernière station, le baron Huffen-dal, chargé d'une lettre d'Anasthasia, se rendit auprès du prince régent pour l'informer de l'arrivée des deux sœurs et de leur fâcheuse situation.

Heureusement le prince se trouvait alors à Kiel. Sans consulter ni l'intérêt ni la politique, et ne suivant que le mouvement de son cœur généreux et brûlant d'amour, il vola au-devant des deux jeunes comtesses, et s'empressa de les conduire dans son palais.

Un génie favorable présidait certainement aux entrevues d'Anasthasia et du prince ; car elles avaient toujours lieu dans des circonstances qui donnaient une extraordinaire impétuosité au carac-

tère naturellement si calme d'Anasthasia. Dans celle présente, tout ce que la
douleur et la pitié peuvent ajouter au
pouvoir de la beauté se réunissait pour
enflammer le prince qui, sans la présence d'importuns témoins, serait tombé
aux pieds de la belle affligée pour lui
exprimer son amour et son admiration.
Madame Huffendal n'eut pas plutôt
vu l'administrateur, qu'elle poussa un
cri de joie en reconnaissant le prétendu
colonel Muller. Elle allait se livrer à son
intarissable babil, s'épuiser en félicita-
tions, en complimens, lorsque le
prince, impatient de se trouver seul avec
Anasthasia, l'invita poliment à voir si
l'on avait exécuté les ordres qu'il avait
donnés pour leur réception. La baronne,
enchantée d'être comptée pour quelque
chose, jouissant d'avance des honneurs
auxquels elle espérait prendre part, fit
un signe à son mari, et tous deux se retirèrent.

Le prince, enivré d'amour, allait se

précipiter aux genoux d'Anasthasia ,
lorsqu'Ellésif, faisant pour un moment.
trève à ses larmes , s'écria vivement :
Nous voilà seuls, prince , au nom du
ciel... où est mon père ?.... Quel est
son crime ?.... Vit-il encore ?... Parlez...
je vous en conjure ! Le prince s'approcha d'elle , et la regardant avec intérêt ,
lui dit franchement les services que le
comte avait voulu rendre au Holstein et
à la Suède. Il exagéra les torts du gouvernement danois , et déguisa sous des
noms spécieux , familiers aux hommes
d'état , le caractère réel de la conspiration.

Il avait reçu le matin même , la lettre du comte écrite de Stockholm ; il la
montra à ses filles , et termina ainsi
leurs craintes. Anasthasia, qui voyait tout
par les yeux de son généreux amant ,
crut facilement à l'innocence de son
père , qu'elle regarda comme la victime
de l'injustice et de la calomnie : mais
Ellésif ne s'abusait pas , et s'affligeait

de la faute en proportion de son amour pour celui qui l'avait commise. Elle voyait trop bien, hélas ! son malheureux père coupable et déchu pour jamais de ses dignités et de la considération publique. Elle ne pouvait s'empêcher de le condamner elle-même, et cette idée lui paraissait affreuse. Immobile et silencieuse, elle tenait la lettre de son père, et n'avait pas le courage de la lire. Ses regards tombèrent par hasard sur un nom qui excita toute son attention : elle parcourut avec vivacité ce paragraphe : « Je connais enfin le traître auteur de ma perte, et je puis rendre justice à un être parfait que j'ai indignement soupçonné ; Guévara est innocent : Adlercreutz seul est coupable. »

Un mouvement de joie aussi prompt, aussi passager qu'un éclair, suspendit un moment la douleur d'Ellésif ; elle se précipita à genoux pressant la lettre entre ses mains, et levant les yeux au ciel en rougissant , remercia le Tout-Puissant de cette consolation inespérée : mais bientôt, succombant à l'excès de son émotion , elle tomba sans connaissance.

Après bien des tentatives inutiles , elle fut enfin rappelée à la vie ; et , pressée d'avoir un asile particulier , elle accepta avec plaisir la proposition du prince, qui leur offrit un de ses châteaux situé aux environs d'Eutin. Tout fut bientôt préparé , et les deux sœurs partirent accompagnées par le prince, qui voulut les installer lui-même dans leur nouvelle résidence.

Exténuée par la souffrance et l'inquiétude, Ellésif tomba dans un profond sommeil , et arriva plus calme au lieu de leur destination.

Rien ne pouvait surpasser la délicatesse et le dévouement du prince. Il se serait reproché de balancer un instant entre son amour et ses intérêts politiques ; et quoiqu'il se promît secrète-

ment de contester les droits que le Danemarck s'était arrogés en confisquant
les possessions d'Anasthasia dans le Sleswick, il n'en sollicitait pas avec moins
de sincérité et d'ardeur le cœur et la
main d'Anasthasia, maintenant sans fortune et sans patrie. Il ne se montra pas
généreux à demi, et, voulant témoigner sa reconnaissance aux personnes
qui avaient suivi le sort d'Anasthasia, il
nomma le baron Huffendal son chambellan, et pria la baronne de vouloir
bien faire les honneurs de la maison
d'Anasthasia.

Après avoir mis ses hôtes en possession de leur résidence, et obtenu la
permission de revenir le lendemain, le
prince retourna à Eutin avec le projet
de dépêcher un courrier au comte de
Lauvenheilm, pour l'informer de l'arrivée de ses filles, et l'inviter à venir les
joindre.

La place de chambellan, les manières gracieuses du prince, accompagnées

d'un fort beau diamant, passé de son doigt à celui de madame la baronne en recommandant Anasthasia à ses soins particuliers, dissipèrent entièrement le chagrin et les inquiétudes des deux époux. Ils oublièrent facilement le comte de Lauvenheilm et la position critique de ses filles, pour se livrer aux espérances du flatteur avenir que semblait leur promettre la protection du prince.

Les deux sœurs se retirèrent de bonne heure. Anasthasia accompagna sa sœur dans sa chambre, et passa près d'elle quelques instants. Son cœur était fortement ému par les événements qui s'étaient si rapidement succédés, et la tendre Ellesif semblait lui avoir communiqué une partie de sa sensibilité; à peine se trouvèrent-elles sans témoins, que toutes deux fondirent en larmes en tombant dans les bras l'une de l'autre.

Elles ne parlèrent que de leur père et du prince, quoique l'image de Théo-

dore ne cessât pas un moment d'occuper le cœur d'Ellésif. Insensiblement
les raisonnements de sa sœur adoucirent
l'amertume de ses chagrins, et diminuè-
rent ses craintes sur le sort de son père.
La justification de Théodore, ne con-
tribuait pas peu à la consoler, quoiqu'elle ne se flattât pas de le revoir
jamais ; mais elle pouvait l'estimer, elle
pouvait l'aimer encore : quel bonheur
pour le cœur de la constante Ellésif !
Elle n'avait plus même à s'alarmer
du brusque et mystérieux départ et du
silence de Théodore ; tout s'expliquait
maintenant. Elle ne doutait plus de son
attachement sincère pour elle ; mais elle
pensait qu'indigné des projets et de la
proposition du comte, il s'était hâté de
rompre sans retour avec lui et avec
toute sa famille. C'était porter trop loin
peut-être les scrupules de l'honneur ;
c'était exagérer peut-être les devoirs
imposés par la plus rigoureuse équité :
mais Ellésif pouvait-elle condamner

l'exaltation de la vertu? Oh! non; elle avait pleuré trop amèrement dans la crainte que Théodore ne fût coupable, pour ne pas remercier le ciel avec une vive reconnaissance de sa justification; et elle se sentait maintenant la force de supporter sa triste situation.

Anasthasia ne fit pas une seule remarque sur le paragraphe de la lettre de son père relatif à Guévara; et la tendre Ellésif, plus timide encore quand il s'agissait de l'objet de son amour, n'osa pas prononcer un mot qui pût faire connaître à sa sœur ses sentiments secrets.

Anasthasia, loin de la deviner, avait presque oublié l'existence de Théodore; elle s'efforçait de persuader à sa sœur que la conduite du comte trouverait dans le monde beaucoup d'apologistes, et qu'il aurait, dans l'amitié du prince et dans l'alliance de la Suède, des moyens certains de rentrer par la force, s'il était nécessaire, dans la possession

de ses biens et de ses dignités. Ellé sif se
garda bien d'ouvrir les yeux d'Anasthasia sur une vérité malheureusement
trop claire pour elle-même : l'honneur
perdu ne se rétablit pas au gré des
souverains. Ruiné, proscrit, persécuté,
déshonoré même aux yeux du monde,
mais innocent, son père devenait pour
elle un être vénérable et sacré : mais
son père coupable, son père convaincu
d'une trahison, quoiqu'entouré de la
faveur des grands et des regrets publics,
n'en restait pas moins pour elle un sujet
de honte et de désespoir.... Tentée de
douter encore de son malheur, elle se
demandait si cet homme, jusqu'alors
si grand, si noble, s'était en effet
souillé d'un crime. Hélas! comment
douter de la terrible vérité ?

Craignant d'affliger Anasthasia qui
venait de lui marquer un intérêt si vif,
une sensibilité si extraordinaire, elle
l'embrassa tendrement sans lui faire part

4.   3

de ses tristes réflexions , formant des
vœux ardents pour que la main du
prince fût digne du prix fatal auquel son
père l'avait achetée.

Elles se séparèrent enfin. L'espérance
et l'ambition embellirent les songes
d'Anasthasia de leurs flatteuses illusions,
tandis qu'Ellésif , inquiète et désolée ,
se livrait sans témoins à sa douleur et
priait le ciel de soutenir son courage.

Les pieux sentiments d'Ellésif n'étaient
jamais le fruit d'une émotion passagère ;
ils avaient une influence réelle sur sa
conduite. En implorant les secours de
la providence , elle prenait la résolution
d'opposer toute sa force à l'adversité , et
de se soumettre avec résignation à la
volonté du souverain maître de l'uni-
vers.

Cependant le jeune prince , plus en-
flammé que jamais , ne quittait pas
Anasthasia , et comptait avec impatience
les moments qui devaient s'écouler

encore jusqu'au retour du comte de
Lauvenheilm, qui arriva quelques jours
après sans suite, au milieu de la nuit.

Ses filles se trouvaient seules quand
il entra dans leur appartement. Anasthasia courut se jeter dans ses bras ;
Ellésif voulut l'imiter : mais les forces
lui manquèrent ; elle tomba aux pieds
de son père qu'elle arrosa de ses larmes.
Le comte la releva en silence ; ses yeux
troublés se détournèrent comme s'ils
n'osaient rencontrer le regard scrutateur
de son innocente fille. Ellésif elle-même
craignait de chercher les regards de ce
père humilié, dont la confusion et l'embarras prouvaient assez qu'il ne pouvait
noblement repousser l'accusation.

Anasthasia exprima son chagrin sur le
changement du comte. Ellésif alors
hasarda de lever les yeux et crut voir
le spectre de son père. Sa figure était
si pâle, son regard si morne, sa physionomie si triste, ses traits si altérés,
qu'Ellésif ne put les contempler sans

fondre en larmes , sans manifester sa douleur et ses craintes par des sanglots. Tremblant, agité, respirant à peine , le comte la tenait pressée sur son cœur ; Anasthasia pleurait sur tous deux , et l'on n'entendait que des soupirs confondus. Le comte, surmontant son émotion , remarqua avec un faible sourire qu'Anasthasia était toujours belle , et que son Ellésif semblait moins malade qu'au moment de leur séparation.

Il mit alors la conversation sur le prince , dont il loua vivement les nobles et généreux procédés. Cependant, toujours indulgent pour Anasthasia , il n'exigea rien de son obéissance , et lui permit de refuser la main du prince s'il devait en coûter le moindre sacrifice à son cœur. Toute l'ambition du comte avait maintenant pour objet sa fille favorite ; il sentit donc un instant de joie lorsqu'elle l'assura , en rougissant, que son bonheur dépendait de cette union.

Eh bien ! dit le comte , je peux main-

tenant porter ma réponse au prince qui
l'attend avec impatience. Vous aurez un
puissant et dévoué protecteur , mon
Anasthasia .... mais ma pauvre Ellésif!.... Il s'arrêta , et le soupir d'Ellesif
répondit au sien qui semblait dire : Elle
aussi aurait un fidèle protecteur si....

Ellésif se reprocha un murmure involontaire ; et s'efforçant de sourire en
baisant la main de son père , l'assura
qu'elle n'avait pas besoin d'autre protecteur que lui.

Les yeux du comte s'arrêtèrent quelques instants sur elle avec tendresse ;
il allait parler.... mais attendri par tant
de douceur , déchiré par le remords , il
sortit précipitamment.

A peine le comte de Lauvenheilm
eût - il donné son consentement au
mariage de sa fille , que l'amoureux
prince hâta les préparatifs nécessaires,
craignant , s'il différait , que les repré-
sentations de sa famille et les intrigues

du Danemarck ne le forçassent de renoncer à ses projets.

Anasthasia elle-même, quoiqu'elle
eût repris son ancien calme, se sentait
flattée de tant d'empressement ; aux
yeux de son amant, sa silencieuse tran-
quillité paraissait une délicate modes-
tie ; et le peu de part qu'elle prenait à
la douleur de son père, persuadait au
prince charmé que le bonheur de s'u-
nir à lui fermait son cœur à toute triste
impression.

Anasthasia, naturellement bonne malgré sa froideur, était susceptible de
pitié pour une douleur visible. Les larmes, les souffrances touchaient son
cœur, mais elle ne savait pas deviner
ces douleurs profondes et mystérieuses
qui minent sourdement l'existence ; elle
ne soupçonnait même pas ces combats
intérieurs, mille fois plus douloureux
quand il faut les dissimuler.

Elle cessa donc promptement de s'a-

larmer sur le compte de sa sœur, qui
chaque jour acquérait un nouvel empire
sur elle-même ; et dupe de la dissimulation de son père, elle imagina que le
remords était loin de son cœur, tandis
qu'il était secrètement dévoré par ce
ver rongeur et impérissable.

Ellésif jugeait mieux le véritable état
de son père et cherchait, par de nouvelles démonstrations de tendresse, à le
convaincre que ses enfants, aveuglés par
leur affection, éblouis par les actions
vertueuses de sa vie, ne voyaient pas
la seule tache qui les ternissait toutes.
Le comte appréciait sa délicatesse ; et
sans avoir le courage de parler du passé,
sans vouloir ni pallier ses torts ni les
avouer, il trouvait, dans ses conversa-
tions avec elle, un baume salutaire pour
les blessures de son cœur.

Il vivait avec ses filles dans la plus
profonde retraite, intimement persuadé
que sa dégradation exigeait qu'il se ban-
nît du monde. Il avait le projet de passer

en France après le mariage d'Anasthasia, et de se retirer avec Ellésif, qui lui devenait chaque jour plus chère, dans la seule propriété qui lui restait des biens de sa femme. Le malheureux procès survenu après sa mort, et depuis long-temps terminé à son désavantage, ne lui laissait en France qu'un revenu de vingt-cinq mille francs.

Le silence profond gardé par la cour de Danemarck, sur la cause de sa disgrâce, ne permit aux autres cours que de simples conjectures sur la retraite du comte, qui se trouvait ainsi maître d'arrêter les soupçons en payant d'audace; et en laissant croire qu'il était victime de l'intrigue et de l'injustice. Mais ses remords n'eussent pas été sincères, s'il eût été capable d'afficher l'innocence; il abandonna donc le monde à ses propres conjectures, évitant les questions, et gardant même avec ses amis et sa famille le triste silence d'un coupable.

Le comte rompit ce silence avec une

seule personne. Il écrivit au prince
Charles, et lui exprima avec candeur et
noblesse son repentir, en lui racontant
l'histoire de ses erreurs. Il l'assura qu'il
était pénétré, non-seulement de sa
bonté, mais de la modération du roi;
il reconnaissait la justice de sa proscrip-
tion, et disait un dernier adieu à son
pays et à ses amis.

La réponse de son illustre beau-frère
fut pleine d'amitié. Il offrait au comte
sa bourse et ses bons offices partout où
il en aurait besoin, et l'assurait que,
dans l'asile qu'il choisirait, il n'éprouverait aucune persécution de la part du
Danemarck.

Cependant, le prince continuait ses
préparatifs et ne négligeait rien de tout
ce que l'amour le plus exalté peut inventer pour marquer d'une manière
brillante le jour de son bonheur.

Anasthasia était plus belle que jamais.
Le baron et la baronne Huffendal, au
comble de la joie, oubliaient facilement

5.

la Norvège, et le comte éprouvait une
satisfaction que, bien peu de temps auparavant, il se croyait hors d'état de
sentir jamais.

La seule Ellésif se retirait souvent de
cette heureuse société pour pleurer en
liberté. Ce mariage allait sans doute la
séparer entièrement d'Anasthasia, dont
la résidence, trop voisine du Danemarck,
ne pouvait convenir au comte de Lauvenheilm, duquel elle connaissait d'ailleurs les projets pour l'avenir. Déter-
minée à le suivre partout, à lui dévouer
sa vie entière, elle soupirait néanmoins
en songeant que l'accomplissement de
ses devoirs l'éloignait pour jamais de
Théodore.

En restant dans le nord, elle pouvait le rencontrer; en habitant Paris,
elle n'était pas sans espoir de le voir
lorsqu'il traverserait la France pour passer en Espagne : mais confinée dans un
château au fond d'une province reculée,
il fallait un miracle pour les réunir.

Cette cruelle perspective brisait son
cœur, et sa santé donna de nouvelles
alarmes.

Le jour du mariage d'Anasthasia fut
fixé, et la veille le prince voulut donner
un magnifique bal, et montrer, pour la
première fois, sa belle fiancée à toute
la haute noblesse de la contrée qu'il
avait invitée à cet effet, ainsi que tous ses
parents, qui, d'assez mauvaise grâce,
se préparaient à présenter leur hommage
à la future princesse.

Tout ce que le luxe et le goût peuvent
inventer se trouvait réuni pour embellir
la fête. Rien n'égalait la magnificence
des parures auxquelles une multitude
innombrable de lumières ajoutait un
nouvel éclat. Anasthasia, pour céder au
désir de son père, était mise avec une
simplicité presque extraordinaire au milieu d'une si brillante assemblée : mais
la nature l'avait ornée de tant d'attraits,
qu'elle éclipsait tout et paraissait aux
regards étonnés un être surnaturel, une

vision céleste. Le prince, enivré d'amour
et de bonheur, la reçut des mains du
comte et la conduisit d'un air de triomphe
vers la salle du bal.

Les femmes regardaient cette merveil-
leuse beauté avec surprise, les hommes
la contemplaient avec extase, et la pâle,
mais intéressante Ellésif, oubliant ses
chagrins pour s'occuper de sa sœur, la
suivait en souriant et marchait d'un pas
chancelant appuyée sur le bras de son
père. En entendant ce concert de louan-
ges, ce murmure général d'admiration,
l'amour et l'orgueil paternels du comte,
également satisfaits, eurent le pouvoir
de le distraire de ses chagrins, et pour
un moment il se crut reporté aux jours
brillants de sa gloire et de son pouvoir.

Le bal commença, et l'enthousiasme
de l'assemblée, qui paraissait au comble,
redoubla lorsque la belle Anasthasia,
animée par le plaisir et par l'effet qu'elle
produisait, semblable à un être aérien,
déploya ses grâces enchanteresses qui

tant de fois avaient excité l'admiration, ou plutôt l'adoration, de la cour de Danemarck. Le prince, enivré d'amour, regrettait presque de danser avec elle; il n'aurait pas voulu perdre un de ses mouvements.

Ellésif jouissait du bonheur de sa sœur; le comte paraissait triomphant; le prince pensait avec délice que le lendemain Anasthasia serait à lui pour toujours.

Aveugles mortels !...... quel réveil terrible allait succéder à vos rêves de félicité !

Anasthasia, sans cesse engagée, se livrait avec une espèce de fureur au plaisir de la danse, ou plutôt à celui de se faire admirer. Familière avec les danses d'Allemagne, de France et d'Italie, elle étonnait, elle enchantait tous les regards, et son amant ne se lassait pas d'entendre les éloges qu'on lui prodiguait de toutes parts. Elle-même semblait insensible à la fatigue : mais son sang était en feu. Ellésif, craignant pour

sa santé , la conjura de prendre au moins
un moment de repos; le prince joignit
ses instances à celles de sa sœur , et la
conduisit dans le salon où l'on distribuait
des rafraîchissements. L'imprudente
Anasthasia s'approcha du buffet , et sai-
sissant une boisson glacée , la but précipitamment , avant que son amant pût
l'avertir du danger.

A l'instant même elle fut saisie d'un
spasme violent , perdit la voix et l'usage
de ses sens, et fut portée mourante dans
une chambre voisine. En vain tous les
secours de la médecine furent prodigués :
le coup était mortel ; et quelques minutes
après Anasthasia expira dans les bras de
sa sœur , en présence de son amant et de
son père , tous trois saisis d'une effrayante
stupeur et terrassés par un malheur si
soudain , si terrible. Accablés , anéantis,
aucun d'eux ne songeait à donner les
ordres nécessaires. Une tante du prince ,
aidée par la baronne Huffendal, pourvut
à tout.

Ellésif, qui aurait dû secourir son père, fut rappelée par lui au sentiment de sa douleur. Elle revint à elle pour arroser de larmes le corps de sa sœur et le couvrir de fleurs aussi belles et aussi périssables qu'elle. On n'entendait de toutes parts que soupirs, que gémissements. Le comte de Lauvenheilm seul ne pleurait pas, ne proférait pas une plainte, et courbait la tête sous la main du Tout-Puissant qui le punissait en frappant l'idole de son cœur, l'objet et la cause de sa folle ambition.

La nuit et le jour suivant, il veilla près des restes glacés de sa fille, sans verser une larme et dans le plus profond recueillement. Bientôt ils furent déposés dans le sein de la terre,.... et le comte, inconsolable, passait les heures consacrées au repos dans la prière et la méditation près du tombeau qui renfermait l'objet de son idolâtrie.

L'amant, désespéré, livré au plus affreux délire, parut, pendant plusieurs

jours, près de rejoindre sa belle maîtresse.
En revenant à la vie, il demandait à revoir encore une fois ces attraits devenus
la proie de la mort......On ne pouvait
le satisfaire :...... La tombe les recou-
vrait pour jamais !

Dès que le prince fut hors de danger,
et que sa douleur, devenue moins vio-
lente, lui permit de se montrer en public, le comte de Lauvenheilm annonça
l'intention de partir immédiatement pour
la France, afin d'éloigner Ellésif d'un
lieu où son cœur avait reçu une si terrible blessure. — Elle seule me reste,
dit-il au prince qui le pressait de demeurer : je dois désormais dévouer ma vie
à son bonheur, et, si je ne peux réparer les maux que je lui ai faits, lui
en épargner au moins de nouveaux. Ici,
elle passe sa vie dans les larmes ; ici, tout
augmente sa douleur, et je tremble pour
ses jours.

Le prince n'insista pas. — Pourquoi
chercherais-je à vous retenir ? monsieur

le comte. Désormais rien ne peut me toucher ni me plaire ,..... Non ,..... pas même votre société;.... elle n'existe plus :..... que me reste-t-il à faire sur la terre ? — Le bien et le bonheur des autres , monseigneur ; vous êtes jeune, mon prince , doué d'un cœur généreux et sensible ; vous trouverez de nouvelles sources de félicité dans les devoirs de votre place..... Peut-être un autre.... — Ne m'outragez pas , s'écria le prince en sortant brusquement. Le comte de Lauvenheilm mit la main sur ses yeux, et se retira pour préparer sa fille au voyage de France.

Hélas ! rien ne l'attachait aux lieux qu'elle allait quitter. Elle regrettait sincèrement la perte de sa sœur : mais enfin son amitié pour elle naissait des droits du sang et de l'habitude bien plus que du sentiment et de la sympathie , et cette perte ne laissait pas dans son cœur un vide que rien ne pût remplir. Cependant, cette chute subite des plus brillantes espérances, ce passage soudain de la vie à la mort, cette fête joyeuse transformée en un deuil lugubre, cette alliance terrible de l'hymen et du tombeau : ... tout la pénétrait de tristesse et d'horreur, tout lui faisait souhaiter de s'éloigner promptement.

La pitié se joignait aux regrets, car Ellésif aimait trop tendrement pour ne pas s'affliger sur le sort de celle qui perdait la vie au moment de jouir du bonheur.

Après avoir fait de douloureux adieux au prince, après avoir pleuré pour la dernière fois sur la tombe d'Anasthasia, le comte et sa fille se hâtèrent de quitter le Holstein.

Sans s'arrêter à Paris, le comte se rendit directement en Anjou, et prit possession du manoir de Château-Gris, qu'il trouva fort commode, en très-bon état, et situé admirablement sur les bords délicieux de la Loire. Dans cet agréable séjour, Ellésif, sans le souvenir de Théo-

dore, et le comte sans ses remords, auraient éprouvé sans doute quelque
adoucissement à leurs chagrins.

Après les premières visites d'un nombreux voisinage, et des parents de la
dernière comtesse que la tristesse des
habitants de Château-Gris dégoûta bientôt, le père et la fille furent laissés à
eux-mêmes.

L'un et l'autre doués d'esprit, de talents, de bonté, et de ce caractère propre à goûter les charmes de la vie inté-
rieure, avaient tout ce qu'il fallait pour
embellir leur solitude : mais, hélas ! l'imagination d'Ellésif errait sans cesse loin
de leur paisible séjour qu'elle regardait
comme un tombeau où elle était ense-
velie vivante, et sa résignation ne l'em-
pêchait pas de sentir toute l'étendue de
ses maux.

La plus profonde mélancolie avait
succédé aux grâces et à l'amabilité du
comte. Il vantait les charmes de la solitude, et cependant on devinait facile-

ment ses regrets et son découragement.
Ses efforts continuels ne pouvaient réus-
sir à tromper la sensible et clairvoyante
Ellésif, dont la tristesse, augmentée par
celle de son père, devenait chaque jour
plus forte. Tous ses vœux, tous ses soins
étaient pour lui. Que n'aurait-elle pas
donné pour lui tenir lieu de tout ce qu'il
avait perdu ?... Mais, hélas ! elle pouvait à peine le distraire momentanément
de ses peines, et perdait toute espérance.
Alors son imagination se portait à ce
temps fortuné passé sous le même toit
que Théodore, et sa solitude lui paraîs-
sait insupportable.

Elle n'entrevoyait pour elle, pour son
père même, de bonheur dans l'avenir que dans la société de Théodore.
Elle oubliait que le Tout-Puissant pouvait seul guérir les plaies encore sai-
gnantes du cœur de son père ; elle
croyait que Théodore lui rendrait en
quelque sorte sa propre estime en cal-
mant sa conscience troublée.

Dans cet espoir, elle reprit avec Gaston sa correspondance interrompue depuis si long-temps, et se hasarda même
à lui demander ce qu'était devenu leur
premier ami. Mais au milieu du désordre
inséparable d'une guerre long-temps
prolongée, cette lettre, ainsi qu'une
seconde, ne parvinrent point à Gaston.
Ellésif, ne recevant point de réponse,
supposa dans le premier moment de son
chagrin, que Théodore lui-même exigeait peut-être ce silence, ou que de
Royé n'existait plus.

La disgrâce du comte de Lauvenheilm, sans être précisément connue en
France, fut soupçonnée; mais les cour-
tisans de Louis XIV n'étaient pas dispo-
sés à regarder une intrigue politique
comme dégradante pour un homme
dont leur grand monarque parlait hautement avec distinction. En effet, Louis
ne fut pas fâché de saisir l'occasion de
montrer des égards à un homme d'état
disgracié par un cabinet opposé à ses

vues ambitieuses, et de satisfaire sa générosité naturelle qui allait chercher et
récompenser les talents, même chez
l'étranger. En conséquence, il offrit au
comte une pension et une résidence à
Paris pour adoucir son exil.

Le comte de Lauvenheilm, pénétré
de reconnaissance, ne crut pas devoir
accepter cette proposition, mais il demanda et obtint la permission de porter
le titre et le nom de la terre qu'il avait
recueillie du chef de sa femme. En abandonnant celui de ses ancêtres, il voulait
éviter que le Danemarck ne prétendît
peut-être l'y contraindre; en prenant
le titre de comte de Saint-Etienne, il
ensevelit pour toujours l'illustre nom de
Lauvenheilm sous lequel il était connu
et admiré dans toute l'Europe. Il cessa
les différentes correspondances qui pré-
cédemment satisfaisaient son goût et sa
vanité; il réduisit sa maison au petit
nombre de domestiques utiles, et ré-
pandit ses bienfaits avec tant de mystère,

que ceux-mêmes qui en furent l'objet ne
connurent jamais la main qui les se-
courait.

Ellésif, sans éviter, sans chercher la
reconnaissance, toujours bonne et com-
patissante, déploya la même active
bienveillance, mais avec plus de réserve
que dans sa patrie, et se félicita de l'ordre et des réformes établies par son
père. Elle retrouvait par ce moyen cette
liberté, cette indépendance dont on ne
jouit jamais qu'imparfaitement au milieu
de cette foule de domestiques, attirail
inutile et nécessaire de la grandeur.

Au sein de sa paisible retraite, ses
souvenirs étaient moins douloureux.
Dans un cercle brillant, dans une fête,
dans un bal, l'image de sa sœur si soudainement précipitée dans le tombeau,
l'aurait remplie d'horreur. Sans le cruel
souvenir de Théodore, Ellésif, occupée
du bonheur d'un père chéri, répandant
ses bienfaits sur tout ce qui l'entourait,
aurait pu se trouver heureuse :.... mais

comment ne pas regretter ces moments
délicieux dont le souvenir seul faisait
encore le charme et le tourment de sa
vie?

Le comte était établi à Château-Gris
depuis deux mois, lorsqu'un fils du duc
de Noirmoutier, cousin d'Ellésif, vint
faire une visite à sa jeune parente en se
rendant en Espagne.

Quand Ellésif apprit qu'il avait quitté
récemment Sarragosse, où il aurait sans
doute entendu parler de Théodore, s'il
était dans la péninsule, son regard tra-
hit l'agitation de son âme. Attentive et
respirant à peine, elle écoutait avec intérêt les jolis riens que débitait le jeune
courtisan, espérant qu'il prononcerait
enfin ce nom si impatiemment attendu,
parmi ceux des Espagnols dont il racontait l'histoire.

M. de la Trémouille ne pouvait rester
que le temps de changer de chevaux,
et jamais Ellésif, auprès de Théodore,
n'avait vu les minutes s'écouler avec plus

de regret. Timide, elle n'osait faire une seule question ; quel sacrifice n'aurait-elle pas fait pour apprendre le moindre détail sur l'objet de ses plus tendres affections ! Cependant elle se sentait invinciblement retenue par la crainte de trahir involontairement ses sentiments secrets. Oh ! mystères du cœur humain ! comment une telle faiblesse peut-elle enchaîner la plus forte des passions ?

Ellésif choisissait un bouquet pour son cousin dans une corbeille de fleurs que le jardinier venait de poser sur une table, lorsqu'elle entendit M. de la Trémouille dire au comte : A propos, je ne vous ai pas conté la chose la plus amusante, la plus surprenante, la plus romanesque et la plus ridicule. Un jeune homme a soudainement paru se donnant comme le petit-fils d'un grand d'Espagne, et ce qu'il y a de plus étonnant, c'est qu'il est maintenant reçu dans la famille, reçu à la cour, et qu'il sera

4.   4

bientôt investi légalement de tous les honneurs qui appartiennent à la plus haute noblesse.—Son nom ? dit le comte avec une évidente émotion, tandis qu'Ellésif tremblante s'appuie sur la table, attendant avec la plus vive anxiété la réponse de son cousin.

—Il s'appelle don Théodore Guévara, reprit M. de La Trémouille en arrangeant ses chéveux devant un miroir. Il est assez bien.... mais... pas de tournure,... point de goût dans sa mise.... Au reste, que peut-on espérer d'un homme qui a mendié dans les rues de Copenhague?

Ellésif n'entendit point son père donner avec dignité et franchise une explication sur la première situation de Théodore. Suffoquée par la surprise, la joie, l'indignation et le regret, elle sortit précipitamment, sans songer même à excuser sa sortie.

Elle entra dans une galerie peu fréquentée, et se jetant sur un siége, fondit en larmes. Théodore jouissait du haut

rang que la nature lui avait destiné, il
était heureux, honoré, et quoique tout
fût changé relativement à elle, sa joie
était extrême. Tout à coup elle songea
qu'elle perdait par son absence des
détails précieux; elle essuya ses larmes
et se hâta de rentrer au salon en rougissant de paraître si faible aux yeux de
son père, et de conserver un si vif attachement pour un homme qui semblait
l'avoir depuis long-temps oubliée.

Son cousin racontait en ce moment
l'attaque de don Jasper. Elle arriva à
temps pour apprendre tout ce qu'il y
avait dans cette aventure d'honorable
pour le caractère de Théodore; elle arriva à temps pour entendre son père dire
avec emphase comme s'il saisissait cette
occasion de s'adresser à elle-même : Je
reconnais bien Guévara à cette généreuse conduite; il possède la véritable
noblesse de l'âme, noblesse toujours
pure et indépendante de toutes les situa-
tions où le sort peut nous placer. J'eus

une fois un grand tort envers lui ; en le blâmant quand j'étais seul coupable (sa figure changea en disant ces mots), et je saisis avec joie cette occasion de déclarer que je le regarde comme le plus vertueux, le plus généreux des hommes.

Ellésif détourna sa figure rayonnante de joie. Ce témoignage honorable, cette manière de parler aussi familière, aussi bienveillante qu'autrefois, rapprochait les temps, et la transportait à cette heureuse époque où son père prononçait continuellement le nom de Théodore. Tremblante, agitée, gardant le silence, elle cherchait à échapper à l'observation en achevant le bouquet qu'elle avait commencé ; un domestique, qui vint avertir que les chevaux de La Trémouille étaient prêts, la tira d'embarras. Le moment des adieux et du départ lui donna le temps de se remettre ; le voyageur partit, et le comte et sa fille restèrent tête-à-tête.

Ne voulant pas perdre l'occasion d'entendre quelques remarques sur un objet si intéressant, Ellésif arrangea les fleurs qui restaient dans quelques vases où elle oublia de mettre de l'eau : toute son attention se dirigeait vers son père, dont elle épiait jusqu'au moindre mouvement. Il s'assit, absorbé dans ses pensées, et ne dit pas un mot. Ce triste silence la consterna, car il semblait dire : J'ai rendu justice à Guévara : mais je ne veux pas nourrir un sentiment qui n'est pas partagé.

Les rêveries du comte étaient d'un genre bien différent. Il fut subitement frappé de l'idée d'offrir à sa fille une chance de bonheur, en la conduisant en Espagne, où elle devait nécessairement rencontrer Théodore.

Le comte de Lauvenheilm, possesseur de son rang et de son immense fortune, n'aurait pas rougi de chercher Théodore, de lui avouer sa faute, de solliciter son amitié : mais ruiné, pros-

crit, humilié, il pouvait être soupçonné
d'un vil intérêt, et cette idée pénible le
forçait d'agir avec réserve, et d'abandonner le succès de ses vœux à la Providence. Jusqu'à ce moment, la honte,
plutôt que l'orgueil, l'avait empêché
de continuer sa correspondance avec la
princesse des Ursins. Il résolut de lui
confier les détails de sa disgrâce, sans
toutefois en dire la véritable cause, et
de lui annoncer l'intention de voyager
pour rétablir la santé de sa fille. Le
comte s'abstint de nommer Guévara,
et parla de son projet de voyage, dans
l'espoir que la princesse des Ursins l'en-
gagerait, ainsi qu'Ellésif, à lui aller
faire une visite au delà des Pyrénées.

Il cacha prudemment à sa fille des
projets dont l'exécution était encore
bien incertaine, dans la crainte d'allu-
mer plus vivement une passion que ni
le temps, ni l'absence, ni les souffrances n'avaient pu éteindre. Par là
même raison, il ne voulait pas habi-

tuer Ellésif à parler avec lui d'un espoir
qui ne se réaliserait peut-être jamais.

Le comte ne prononçait donc jamais
le nom de Guévara. Vaine précaution !
Nulle autre idée ne pouvait occuper les
pensées d'Ellésif, dont la conversation
de La Trémouille avait fait revivre tous
les souvenirs et renaître les secrètes espérances. Si Théodore l'avait réellement aimée, et s'il avait chéri son père,
ne devait-elle pas croire que sa constance et le repentir du comte désarme-
raient son ressentiment s'il était capable
d'en conserver encore après leur infor-
tune?... Elle estimait trop Théodore et
elle-même pour imaginer que leur position actuelle pût influencer sa conduite.
Elle prévoyait, de la part de sa famille,
bien des obstacles à leur union comme
époux : mais l'amitié de Théodore suf-
fisait à son bonheur; pourrait-il la lui
refuser? En proie aux regrets, à l'incertitude, à l'espoir, au découragement, Ellésif changea tout à coup de

manières et presque de caractère. À la mélancolie, à la résignatiou succédèrent le trouble, une vague inquiétude, une rêverie sombre, indices trop certains des tourments de son âme.

Le comte partageait en silence tous ses sentiments, mais celui de la crainte prédominait. Il connaissait trop bien le cœur des hommes, pour compter sur la constance de Théodore. L'amour, qui occupe la vie entière des femmes, n'est qu'un épisode dans celle des hommes ; aussi le comte en voulait-il à son extravagante imagination, lorsqu'elle lui présentait Théodore toujours dévoué à Ellésif après une longue séparation et malgré ses nouveaux intérêts.

Lorsque madame des Ursins reçut la lettre du comte, elle la communiqua au chevalier de Roye. Leur commune parenté avec Ellésif exigeait cette marque de confiance ; et quoique la princesse sût déjà tout ce que le comte lui confiait, elle affecta la même surprise que le

chevalier, et lui laissa croire qu'elle ignorait, ainsi que lui, tous les événements
racontés dans la lettre. Le comte s'y
avouait exilé, dépouillé de tous ses biens,
et ne donnait pas un mot d'explication
pour sa défense ; aussi Gaston, en apprenant sa ruine, ne put-il s'empêcher
de le croire coupable.

C'était après avoir lu cette lettre que
le chevalier avait rejoint Théodore, le
cœur navré de la disgrâce du comte et
de la mort de la belle Anasthasia.

CHAPITRE III.

THÉODORE , en reprenant connaissance, incapable de maîtriser son trouble et son désespoir , laissa échapper quelques mots dont l'interprétation n'était pas difficile à saisir. Gaston vit clairement qu'il s'était mépris sur le sens de la lettre écrite par M. Coperstad. Il s'empressa de l'assurer qu'Ellésif vivait toujours , et que la princesse des Ursins devant inviter le comte à venir en Espagne, il la reverrait bientôt·

Les transports de Théodore à cette nouvelle inattendue , furent bientôt réprimés par la honte de laisser voir un attachement si constant pour une personne si indifférente à son sort. Il essaya donc de persuader à son ami, de se persuader à lui-même que la chute du comte

de Lauvenheilm et la crainte d'une ca-
tastrophe plus terrible encore que la
perte de son nom et de ses propriétés,
avaient causé son évanouissement.

Il donna des larmes sincères à la mort
d'Anasthasia ; mais tout en déplorant sa
triste destinée, il ne pouvait s'empêcher
de la trouver préférable à celle d'Ellésif;
ne partageait-elle pas son admiration,
son enthousiasme pour le comte de Lauvenheilm ? Quelles devaient être maintenant sa douleur, sa honte ! Quelle
était la situation de celle qui, jusqu'ici,
avait passé ses jours à l'ombre des honneurs et de la prospérité !.. de celle qui
voyait succéder le mépris général aux
respects, l'exil aux grandeurs, la pau-
vreté aux richesses !.... En songeant aux
maux dont elle était accablée, le noble
Théodore oubliait tous ses torts, et plus
tendre, plus dévoué que jamais, brûlait
de tomber à ses pieds et d'implorer la
permission de partager, de consoler sa
douleur : hélas ! quelles tristes réflexions

détruisirent cette douce espérance ! Ellésif ne l'aimait pas !..... le comte irrité
ne lui pardonnait sans doute ni sa résistance ni son départ ; idée horrible !......
Il le regardait peut-être comme l'auteur
de ses maux !.. Comment oser se présenter devant eux ?.... Comment s'exposer à l'humiliation d'un refus cer-
tain ?.... Théodore au moins le croyait ;
mais enfin le comte était sauvé , Ellésif
vivait : quelle source de consolation pour
lui après tant d'alarmes ?

Il apprit avec un vif plaisir que Gaston se proposait d'écrire à sa compagne
d'enfance , et de parler de lui comme
par hasard , sans paraître soupçonner
rien de ce qui s'était passé. Oh ! comme
Théodore soupirait après la réponse
d'Ellésif qui allait ou ranimer ou détruire
entièrement son espoir !

Jamais une baguette magique ne pro-
duisit d'effet plus prompt que le récit
du chevalier ; et si la mort prématurée
de la belle Anasthasia n'avait pas fré-

quemment attristé leurs discours, jamais
Théodore et Gaston n'auraient passé ensemble des moments plus délicieux.

Le lendemain, Théodore devait se
présenter à sa tante et dîner ensuite avec
le chevalier; après s'être mutuellement
rappelé leur engagement, les deux amis
se séparèrent.

Théodore, demeuré seul, donna un
libre essor à ses sentiments contenus par
sa réserve habituelle en la présence de
son ami. Le monde, dont il était si fatigué, lui promettait encore le bonheur;
le rang et la fortune qu'il allait acquérir
ne lui semblaient plus des choses si in-
différentes quand il songeait qu'Ellésif,
loin de l'avoir trompé, lui conservait
un tendre attachement, et finirait par
récompenser son amour! En effet, cette
sévérité, cette froideur apparente n'é-
taient-elles pas inspirées par un père
irrité contre lui? Mais les événements
postérieurs avaient sans doute éclairé le
comte; et Théodore se flattait de le trou-

ver disposé à cette réconciliation ; il
aimait à croire, malgré sa faute, qu'il
était né pour la vertu, et qu'il réparerait
son injustice passée en lui rendant sa
confiance, son estime, en le nommant
son fils. Tout à coup l'idée du comte de
Roncezvalles et de son inflexible despo-
tisme vint troubler ce rêve flatteur : mais
l'amour triompha, et Théodore s'abandonna sans réserve à l'espoir, sans s'arrêter à la crainte d'un mal incertain.

Pour la première fois depuis long-
temps il regarda les souvenirs qu'il tenait d'Ellésif, et qu'il conservait avec
soin tout en s'abstenant d'y toucher. Les
fleurs, ouvrage de ses mains, les ru-
bans, ornements de sa chevelure, les
notes tracées par sa plume, tout fut revu
avec ivresse, pressé sur son cœur et
couvert de ses baisers.

Il fut distrait de cette douce et folle
occupation par un message de Gaston,
écrit d'une main tremblante ; quelques
mots paraissaient effacés par des larmes :

ce n'était pas une peine commune que celle qui arrachait des larmes au chevalier ; Théodore, inquiet, lut ce qui suit :

« J'ai trouvé ici une lettre d'Angleterre qui change bien tristement tous mes plans. Ma bonne, mon excellente mère venait de tomber dangereusement malade à l'instant où ma sœur m'écrivait..... Peut-être dans ce moment !..... Je ne peux exister loin d'elle..... sans essayer de la revoir. Je reste à Corella ce soir pour obtenir, par le crédit de la princesse, la permission de passer en Angleterre sur ma parole ; et si j'obtiens une réponse favorable, je pars demain matin, mais non pas sans vous embrasser. Que Dieu veille sur vous, mon cher Guévara.

DE ROYE. »

Ce départ fatal contrariait tous les plans, tous les vœux de Théodore :

mais il ne voulut pas ajouter à la douleur de son ami par d'inutiles plaintes sur des intérêts personnels. Il le revit le lendemain matin et ne s'occupa que du soin de ranimer son courage et de calmer ses inquiétudes. Le passe-port, obtenu par l'infatigable activité de la princesse, arriva ; tous les préparatifs du chevalier étaient faits d'avance : il embrassa tendrement son ami et monta sur-le-champ en voiture.

Théodore, après le départ de Gaston, prit quelques instants pour calmer ses esprits agités et se rendit chez la marquise Amezaga.

Le portrait de cette proche parente, tracé par Elvira, ne ressemblait nullement au modèle : mais Elvira ne se faisait aucun scrupule de dénigrer ou calomnier les personnes qu'elle n'aimait pas. Il semblait à cette ingrate nièce qu'en noircissant le caractère de sa tante, elle se justifiait de son vil empressement à renoncer à la famille de sa mère pour accepter les brillantes propositions du comte de Roncezvalles, qui ne voulait la reconnaître et l'accueillir qu'à cette condition.

Dona Elvira n'était pas d'un caractère à refuser les plaisirs du grand monde. Elle s'était cependant séquestrée après la mort de son mari, non par suite d'une véritable douleur, mais parce qu'elle n'avait pas les moyens d'étaler autant de luxe que les personnes de son rang. Aussi nulle considération, nul motif de reconnaissance ne l'arrêtèrent quand son grand-père, par son adoption, lui rendit les jouissances attachées à la fortune : son ingratitude et son mauvais caractère éclatèrent dans cette occasion.

Théodore soupçonnait déjà une partie de la vérité quand il parut devant sa tante. Sa figure noble et sérieuse en imposait au premier abord. Théodore, par ses manières douces, par l'expression de ses regrets sur la longue désunion de leur famille, captiva promptement ses

bonnes grâces ; et au bout d'une demi-
heure, la tante et le neveu se sentirent
aussi à leur aise que s'ils s'étaient connus
depuis nombre d'années.

La sensibilité avec laquelle Théodore
parla de ses parents ne pouvait être
suspecte, et la marquise mêla ses larmes
aux siennes en lui parlant de sa sœur
avec une tendresse que vingt ans n'avaient
pas affaiblie.

Elle satisfit à toutes les questions mi-
nutieuses auxquelles dona Elvira affirmait qu'elle ne pourrait répondre ; et
sans demander d'autres preuves de l'i-
dentité de Théodore que sa voix et sa
parfaite ressemblance avec don Bal-
tazar, elle lui remit les papiers qu'elle
lui avait promis, au nombre desquels
se trouvaient son acte de naissance dé-
livré à la Havane, et plusieurs lettres
de différentes personnes qui donnaient à
la marquise des détails sur le malheureux sort de sa sœur, et confirmaient
pleinement les faits déposés par Dofres-

tom, tels que les noms du vaisseau et du capitaine, avec qui les parents de Théodore avaient fait voile de Cuba à Madère.

Enfin, elle lui apprit que la femme espagnole qui l'avait nourri, et qui était restée avec dona Aurélia jusqu'à son départ de la Havane, était revenue dans sa patrie après la mort de son mari, et demeurait maintenant avec elle.

Depuis que nous sommes ici, dit la marquise, Sancha, je vous l'assure, a vainement cherché l'occasion de vous voir dans les rues de Corella; car elle vous aimait tendrement dans votre enfance, et elle s'imagine que vous devez être toujours ce que vous étiez alors: nous allons la faire venir.

Il ne fallut pas la chercher bien loin, car la bonne femme savait quel jour Théodore devait rendre visite à la marquise, et attendait impatiemment qu'on l'a fît appeler. Elle entra précipitamment, regarda fixement Théodore quel-

ques instans ; puis, les yeux remplis
de larmes, se jeta à son cou, en s'écriant :
C'est lui, c'est mon enfant; la pauvre
femme, toute confuse, demanda pardon de cette liberté. Théodore, d'une
voix émue, dissipa ses craintes avec
bonté, et l'embrassa en l'assurant de
sa reconnaissance et de son amitié.
La marquise examinait son neveu d'un
air attentif et satisfait, pendant que
la bonne Sancha appelait toutes les
bénédictions sur la tête de son cher
nourrisson, écartait ses cheveux pour
mieux étudier ses traits, et laissait
échapper des exclamations naïves de sa
joie à mesure que sa conviction devenait plus forte ; enfin elle s'écria qu'elle
pouvait maintenant jurer pour lui en
sûreté de conscience, devant tous les
tribunaux du monde.

Les discours de Sancha réveillèrent
dans l'âme de Théodore des souvenirs
douloureux dont il cherchait à dissimuler l'impression pour ne pas impo-

ser silence à sa nourrice. Sa tante devina son embarras, et pria doucement Sancha de les laisser libres. Théodore la conduisit jusqu'à la porte, et, lui pressant la main, y laissa une bourse de ducats.

Il ne concevait pas bien pourquoi son père avait quitté l'Espagne, tandis qu'en dépit du comte de Roncezvalles, il pouvait vivre tranquille dans sa terre d'Aragon. Théodore fit cette question à sa tante, qui lui répondit franchement :

« Après le mariage de dona Aurélia, les Guévara prirent à tâche de la tourmenter, de l'insulter même partout où elle paraissait. Ils allèrent jusqu'à gagner un prêtre qui l'alarma sur son salut, et osa l'engager à quitter son époux pour prendre le voile. La position d'Aurélia devint si pénible, ses inquiétudes si vives, que don Balthazar, pour la soustraire aux persécutions de ses cruels parents, résolut de quitter son pays et de rester absent jusqu'à ce que son père consentît à la recevoir et à la protéger. Dans l'espoir d'amener cette réconciliation , don Balthazar détermina , non sans peine , sa femme à confier sa fille à mes soins , afin de me fournir l'occasion de réveiller la sensibilité du comte de Roncezvalles en faisant paraître cette innocente créature à ses yeux. Ce plan ne réussit pas.

« Le climat de la Havane paraissait nuire à dona Aurélia, et son mari la ramenait pour chercher la santé , et peut-être enfin le repos dans son pays, où il comptait vivre dans la plus profonde retraite , lorsque tous deux périrent dans un naufrage. »

La marquise donna brièvement ces détails sans faire la moindre observation ; mais sa figure exprimait combien son âme élevée éprouvait d'indignation en rappelant les outrages que sa sœur avait supportés.

Après ce récit , elle proposa à Théodore de l'accompagner dans le jardin , et de le présenter à ses filles , dont l'aînée lui offrirait le portrait vivant de sa mère.

Comme ils entraient dans une allée de citronniers , il vit les deux sœurs voilées s'avancer vers eux. La mère appela Isabella , sa fille aînée , qui , en s'approchant, leva son voile , et offrit aux yeux de Théodore charmé le vivant portrait de sa mère.

Isabella baissa modestement ses beaux yeux au moment où son cousin prit sa main , qu'il baisa respectueusement, après quoi il se retourna vivement pour saluer son autre cousine.

La mère et la fille se méprirent à son empressement , qu'elles attribuèrent à la surprise , à l'admiration. Elles n'en connaissaient pas la véritable cause ; que l'on juge de l'émotion de Théodore : il avait cru voir le sourire , entendre la voix d'Ellésif.

Dona Olivia n'avait point d'autre ressemblance avec elle. Ses traits étaient

plus réguliers, ses yeux bleus plus vifs,
sa figure plus ronde ; aussi Théodore
attendait-il avec impatience qu'elle sou-
rît de nouveau et qu'elle parlât, et paraissait fort peu disposé à terminer sa
visite. La marquise le promena dans
son jardin, en causant très-agréable-
ment sur différents sujets. Sa fille aînée
osait à peine hasarder un mot, et la plus
jeune, tout en laissant échapper quelques vives saillies, qui indiquaient l'o-
riginalité de son caractère, paraissait
fréquemment absorbée par de sombres
pensées. Théodore, distrait par le sourire charmant d'Olivia, par cette douce
voix qui lui rappelait Ellésif, répondit
souvent tout de travers aux questions de
sa tante.

A la porte du jardin, il aperçut ses
mules, et sentit qu'il était temps de
prendre congé. — Il faut enfin se retirer,
dit-il en hésitant, et regardant involontairement Olivia ; si j'osais demander la
permission de revenir, je partirais avec

moins de chagrin ;.... mais je crains....
car....

— Epargnez-vous la peine de dire ce
qui vous a été ordonné, interrompit la
marquise, en lui pressant cordialement
la main. L'on vous a défendu de revenir : je connais trop bien le comte pour
en être surprise ; j'en suis fâchée, mon
cher neveu, plus que je ne peux l'exprimer : cependant, il vous faut obéir ;
vous n'avez pas, comme votre sœur,
à alléguer d'anciennes obligations envers moi, ainsi je ne vous en veux point ;
mais vous me pardonnerez si je conserve
un peu de ressentiment contre dona
Elvira.

— Je l'estime bien malheureuse de
perdre votre amitié, madame, et je vous
remercie de votre aimable indulgence à
mon égard ; cependant, continua Théodore, en baisant affectueusement la
main de sa tante, elle me fait rougir de
mon esclavage, et je n'aurais point promis ce qu'on exigeait de moi, je vous

4. 5

l'assure, si j'avais eu le bonheur de vous connaître.

—Eh bien ! s'écria la marquise, quand vous serez vo re maître, j'espère vous revoir; et jusque-là, je me flatte que, si par hasard nous nous rencontrons dans la société ou aux promenades publiques, il ne vous sera pas défendu de me demander de mes nouvelles.

Théodore l'assura qu'il ne renonce-rait jamais au droit de lui offrir publi-quement son respect; et, après avoir jeté un regard expressif sur Olivia, il prit congé de ses parentes.

Quelques jours après cette visite, la princesse des Ursins manda Théodore. Il était convenu que le roi et la reine entreraient comme par hasard chez la princesse; ils étaient fort curieux de faire quelques questions au jeune Guévara, dont l'histoire romanesque intéressait toute la cour.

Théodore parut à cette entrevue avec une contenance noble et modeste qui disposa merveilleusement les souverains en sa faveur.

De son côté, enchanté de leurs majestés et surtout du roi, Théodore témoigna sa gratitude à la princesse des Ursins, et mit tous ses soins à lui plaire, en se rappelant qu'elle était parente d'Ellésif : il y réussit parfaitement.

Après le départ de leurs majestés, il brûlait de questionner la princesse sur le comte de Lauvenheilm; mais il n'en trouva pas l'occasion. Madame des Ursins savait par Gaston que le comte et Guévara n'entretenaient aucune correspondance depuis leur séparation, et elle avait trop d'usage du monde pour prononcer un nom qu'elle supposait devoir déplaire à Théodore. Il attendit donc en vain; et, après une longue audience, se retira et fit tout préparer pour son voyage de Madrid.

Il quitta la Mirador avec regret : depuis le départ de sa sœur et de son

grand-père, il y avait goûté la tranquil-
lité et retrouvé l'espérance.

En traversant une rue de Corella, il
aperçut sa tante et ses cousines qui des-
cendaient de voiture à la porte d'un
couvent. Il dit à son cocher d'arrêter, et,
courant précipitamment, il arriva en
même temps que ses parentes dans la
cour du bâtiment. Le plaisir causé par
cette rencontre imprévue, donna à la
physionomie de Théodore une expression plus tendre et plus animée; Olivia
manifesta de son côté le plus vif intérêt
pour son cousin, et fit mille vœux pour
son succès. Après avoir reçu de la marquise la promesse d'envoyer Sancha à
Madrid aussitôt que son témoignage serait nécessaire, il renouvela ses adieux
et continua son voyage le cœur et l'imagination occupés d'Ellésif, se livrant
tour à tour à la crainte, à l'espoir, et
se flattant que l'invitation de la princesse
de Ursins avait un motif particulier.
Tout dépendait maintenant de son

installation comme héritier du comte de Roncezvalles. S'il réussissait, que ne pouvait-il pas espérer? Quel bonheur de se rapprocher d'Ellésif pour lui offrir les honneurs et la fortune ! Mais le comte oublierait-il son ressentiment? Théodore le crut, parce qu'il aimait à le croire, et il se livra aux plus doux préssentiments.

En arrivant dans la capitale, il trouva ses affaires déjà fort avancées, et beaucoup de témoignages recueillis sur lesquels il n'avait pas compté. Il fut charmé aussi d'apprendre que le comte suivait son conseil et songeait à marier sa petite-fille à don Pedro Ronquillo. La dot considérable d'Elvira tentait ce jeune homme bien plus que sa beauté, et la noble conduite de Théodore envers elle persuadait à la famille de Ronquillo qu'après la mort du comte, le frère généreux augmenterait encore le douaire de sa sœur.

Dans ce doux espoir, don Pedro fit

sa proposition en forme ; elle fut ac-
ceptée , et le jour du mariage fut fixé.

Il ne serait pas juste d'attribuer uniquement à la générosité l'empressement
de Théodore à marier sa sœur. Certainement elle y entrait pour beaucoup ;
mais il voulait surtout se soustraire à
l'obligation de la mettre à la tête de sa
maison après la mort de son grand-père,
et l'en écarter dès à présent. Jamais
Théodore ne s'était senti pour personne
autant d'éloignement que pour sa sœur ;
plus il avait impatiemment désiré la connaître, plus il avait cru impossible de
ne pas l'aimer, de n'en être pas aimé
lui-même ; plus il était révolté de l'ai-
greur, de l'égoïsme, de la dureté de son
caractère. Enfin arriva le jour où dona
Elvira devait passer dans une autre famille ; le mariage fut célébré avec la
pompe convenable.

Cependant le procès continuait et se
serait peut-être prolongé long-temps
sans la protection déclarée du monarque,

la considération due au rang et aux services du comte de Roncezvalles et la généreuse conduite du marquis de Monta-
nejos, qui hâtèrent et déterminèrent le
succès de cette affaire.

Après l'audition des témoins, l'examen le plus scrupuleux des pièces pro-
duites, le tribunal déclara Théodore
héritier légitime des titres et de la fortune de son grand-père.

Cette décision ne fut pas plus tôt pro-
noncée, que le comte, qui l'avait pour-
suivie avec tant d'ardeur, laissa paraître
quelques signes de secret mécontentement. Les opinions de son petit-fils se
trouvaient souvent en opposition aux
siennes; et il craignait que la certitude
acquise de ses droits ne diminuât la soumission qu'il lui avait montrée jusqu'alors. Combien il jugeait mal son
noble caractère !..... Théodore, indé-
pendant et maître d'une fortune assurée,
devint au contraire plus doux, plus do-

cile que jamais. Du moment qu'il n'eut
plus à redouter un soupçon offensant sur
les motifs de sa conduite, il sacrifia sans
le moindre murmure son opinion, ses
désirs même, aux ordres, aux préjugés
de son grand-père, désirant lui prouver
ainsi, que son obéissance était dictée par
l'attachement seul et par le respect. Plein
de vénération pour l'autorité paternelle,
il savait lui assigner des limites ; il regardait sans doute la piété filiale comme un
devoir sacré : mais tout en admirant le
fils soumis et dévoué à ses parents opu-
lents ou pauvres, il méprisait l'esclave
obéissant par un vil calcul d'intérêt, autant qu'il abhorrait la tyrannie exigeante
et injuste.

. Pendant son séjour chez le comte de
Lauvenheilm, il ne voyait pas sans étonnement une foule de jeunes gens se vouer
avec indifférence à l'esclavage des cours.
Fiers de leur naissance, ils dédaignaient
de choisir un état et vivaient dans une

indigne oisiveté, sans rougir de la nul-
lité et du mépris auxquels elle les exposait souvent.

En Espagne, de tels êtres pouvaient
du moins ensevelir leur égoïsme et leur
inutilité dans l'ombre d'un cloître. Le
puîné qui craignait d'embrasser le parti
des armes, se vouait à l'état monastique,
tandis que l'héritier présomptif, occupé
à flatter bassement celui dont il devait
recueillir les biens, épiait avec avidité,
attendait avec impatience le moment de
jouir de sa fortune.

Théodore, également éloigné de la
bassesse et de l'orgueil, sut concilier la
soumission avec la dignité de son caractère, et remplir tous ses devoirs en conservant sa noble indépendance.

Le comte, surpris de la constante douceur de Théodore, crut d'abord qu'elle
était feinte; mais bientôt, convaincu de
l'injustice de ses soupçons, il fut profondément touché d'une conduite qui flattait son orgueil.

5.

Il donna plusieurs fêtes magnifiques à
l'occasion du mariage de sa petite-fille
et du triomphe de son petit-fils. Le marquis de Montenejos s'empressa de s'y
rendre, et montra la plus vive amitié à
Théodore, qui ne put lui refuser la
sienne, et trouva dans sa société un dé-
dommagement de l'absence de Gaston.
Les premières familles d'Espagne étaient
dans ce moment à Madrid; toutes invi-
tèrent Théodore à des fêtes. Son histoire les intéressait, ses succès attiraient
leur attention et sa noble tournure flattait leur orgueil national.

En parcourant les différents cercles,
il reconnut bientôt qu'il avait jugé les
Espagnols avec trop de précipitation, et
plus satisfait de ses compatriotes, ravi
par l'idée de revoir Ellésif, qu'on disait
arrivée en Espagne, il prit part aux fêtes
avec une vivacité qui lui était étrangère
depuis long-temps et qui l'étonnait lui-
même. Il fit même usage de ces talents
qu'il avait long-temps regardés comme

inutiles et que son grand-père l'avait
forcé de cultiver. Les dames espagnoles
le proclamèrent unanimement le plus
élégant danseur, le plus gracieux musi-
cien et le plus habile à manier l'instrument national. Tour à tour il fit le
charme des bals et des concerts : mais
il attachait peu de prix à des succès dont
celle qui occupait seule ses pensées ne
pouvait être témoin ; et il ne s'apercevait
point des regards et des soupirs avec
lesquels on attaquait son cœur.

Insensiblement son espoir s'affaiblit.
Il questionnait sans cesse tous ceux qui
venaient de Corella ; toujours on lui ré-
pondait que la princesse des Ursins n'a-
vait point de visites, et que nul étranger
de marque n'avait paru dans la ville. Il
devenait donc très-probable que l'invitation de la princesse avait été refusée.

Le roi vint à cette époque un instant
dans sa capitale ; Théodore lui fut pré-
senté par son grand-père, et reçut le
plus gracieux accueil de sa majesté.

Bientôt après cette présentation, le monarque retourna à Corella près de la reine, dont la santé s'altérait chaque jour davantage, et Madrid fut promptement abandonné par tous ceux que la présence de la cour y avait amenés. Le comte de Roncezvalles fut du petit nombre de ceux que le devoir et des affaires particulières retenaient dans la capitale. Comme son séjour devait se prolonger assez long-temps, il permit à Théodore de le quitter pour aller se montrer à ses vassaux en Aragon.

Il avait craint d'abord que son petit-fils, maître d'une fortune indépendante, ne voulût se séparer de lui et former un établissement particulier ; mais reconnaissant bientôt son erreur, touché du respect et des soins affectueux de Théodore, il le pressa lui-même d'aller visiter la terre qui lui appartenait maintenant en propre, en lui faisant promettre toutefois de revenir promptement.

L'arrivée du comte de Lauvenheilm

et de sa fille paraissait si douteuse , et il avait si peu de moyens d'avoir de leurs nouvelles , que peu lui importait d'être en Aragon ou en Castille. Le départ de Gaston lui avait enlevé la seule personne qui connût le secret de son cœur , le seul ami capable d'adoucir ses chagrins et de satisfaire ses désirs ; mais , hélas ! cet ami , trop inquiet , trop empressé d'arriver auprès d'une mère chérie que la mort menaçait de lui ravir , loin de remplir sa promesse d'écrire à Ellésif, en avait même perdu le souvenir , et Théodore ne pouvait rien savoir, même par le moyen de cet ami fidèle. Il n'avait reçu qu'une seule lettre de Gaston depuis son départ, écrite du premier port où il avait débarqué ; il annonçait en peu de mot son heureuse arrivée après un ennuyeux voyage.

Aussitôt que Théodore eut le droit de disposer de quelque chose , il offrit une maison à sa nourrice , mais Sancha ne voulut point consentir à quitter la

marquise. Ne pouvant vaincre sa résistance, il lui assura une forte pension et
quitta Madrid en la chargeant de ses
hommages pour ses tantes et ses cousines. Au milieu de tant de prospérité,
Théodore n'oubliait pas les amis de son
enfance ; il écrivit à Dofrestom pour lui
apprendre ses succès , et le conjurer
d'amener promptement Heinreich en
Espagne, dont le climat rétablirait sans
doute sa santé ; il suppliait son vénérable
ami de ne pas perdre un moment, en
prenant toutefois les plus grandes précautions pour son voyage ; et l'assurait
qu'il ne jouirait pas d'un bonheur com-
plet tant qu'il ne posséderait pas auprès
de lui son père adoptif, et les protecteurs de son enfance.

En écrivant cette lettre , Théodore
éprouvait les craintes les plus vives sur
le sort d'Heinreich. Un pressentiment
funeste lui annonçait qu'il n'existait plus,
et l'impossibilité où il se trouvait de prodiguer à ses vieux amis les consolations

nécessaires, augmentait son empressement à les arracher d'un pays où tout
renouvelait leur douleur.

Après avoir pris congé de son grand-
père et de sa sœur, Théodore partit
pour aller prendre possession de l'héri-
tage de ses pères.

Un antique château, d'une architecture extraordinaire, construit en marbre
noir, formait le principal manoir : origi-
nairement il avait appartenu aux Tem-
pliers, et de toutes parts les sculptures
dont il était décoré rappelaient le souvenir de cet ordre éteint.

Placé dans un site sauvage et romantique, au pied des Pyrénées, il était
entouré de forêts immenses, de bruyantes
cascades, et dominait sur les fertiles
plaines de l'Aragon. La Torre de la Marbore, ainsi s'appelait cette propriété,
réunissait tout ce qui peut contribuer à
l'agrément et aux commodités de la vie.
Grâce aux soins de don Balthazar, on y
trouvait une bibliothèque choisie, des

instruments de musique et d'astronomie, des cartes de géographie ; tout , dans cette demeure, décélait les connaissances variées et le goût exquis du dernier propriétaire.

Théodore examina sa nouvelle possession et parcourut ses immenses domaines avec un intérêt bien plus puissant que celui qu'inspire la propriété. Dans ces lieux encore pleins du souvenir de ses parents , il cherchait à deviner quelles étaient leurs occupations ordinaires ; il songeait à leur tendre union et s'attristait de sa solitude. Quand cesserait-elle ? Hélas ! il l'ignorait ; car si Ellésif ne devait pas partager son sort , jamais la Torre de la Marbore n'aurait d'autre maîtresse. Parmi le peu de domestiques restés au château depuis la mort de don Jaspèr, pas un seul ne connaissait ses parents, pas un seul ne pouvait lui donner de détails sur la vie qu'ils menaient dans ces lieux. Il lui fallut tout voir , tout examiner par lui-même. Il visita ses vassaux, s'informa de leur caractère, de leurs besoins, et s'occupa d'améliorer leur sort et d'augmenter les produits de sa terre, fort négligée tant que don Jasper en avait été possesseur. Ce plan éprouva de nombreux obstacles, et Théodore, étranger jusqu'à ce jour aux calculs de l'intérêt, sentit bientôt tout le poids de sa nouvelle charge. Les réformes attiraient des réclamations, des plaintes; des préjugés invétérés combattaient ses projets les plus raisonnables et les plus avantageux. Sans cesse luttant contre l'ignorance et l'égoïsme, il était quelquefois tenté de renoncer même à faire des heureux : mais la fermeté de son caractère et la bonté de son cœur l'aidèrent à surmonter toutes les difficultés. Il se regardait comme chargé par la Providence de veiller au bonheur des êtres qu'elle avait placés dans sa dépendance, et dès lors ce devoir devenait sacré pour lui.

Il ne se découragea donc point. Sa

douceur , son éloquence persuasive , la
noblesse de ses manières , et surtout la
promesse d'habiter la Torre une partie
de l'année , lui gagnèrent les cœurs de
tous ses vassaux qui s'empressèrent bientôt de seconder les vues d'un si bon
maître. Théodore , libre d'inquiétudes ,
exempt des peines cruelles attachées à
ses souvenirs , à ses espérances , aurait
sant doute prolongé son séjour à la Torre
dont la vie mélancolique et retirée
convenait à ses goûts , à son caractère ; mais comment rester plus long-
temps dans un séjour où personne ne
pouvait lui parler du comte de Lauvenheilm , où il ne pouvait s'attendre même
à en apprendre la moindre nouvelle?
La chose était impossible. Il sut que son
grand-père se rendait à la Mirador , et
partit sur-le-champ pour le joindre.

Au lieu de revenir par l'Aragon , il
entra en France par le passage de Ga-
barnie , cherchant à se persuader à lui-
même qu'il voulait parcourir les Pyré-

nées françaises uniquement pour cueillir diverses plantes que son ami M. Coperstad mettrait avec joie dans son herbier ; mais dans cette occasion il pouvait tromper les autres plus facilement que lui-même. Il sentait, malgré le prétexte dont il colorait son excursion, qu'il n'avait qu'un but, un seul but, celui de se rapprocher des lieux habités par Ellésif, et de parcourir un pays qu'elle traverserait sans doute en passant en Espagne. Ah ! s'il avait osé s'éloigner de son grand-père pour un plus long-temps, avec quel empressement il aurait poussé sa course jusqu'en Anjou !

Le matin même de son départ, il reçut deux lettres affligeantes, l'une de Gaston annonçant que sa mère vivait encore, mais sans laisser aucun espoir ; l'autre de Dofrestom contenant la triste nouvelle de la mort d'Heinreich.

Théodore avait trop aimé ce jeune homme pour ne pas donner des larmes sincères à sa perte dont il sentit toute l'é-

tendue pour Catherine et pour Dofrestom. Ce dernier avait écrit immédiatement après ce triste événement. Tout entier à sa douleur, il ne parlait que d'Heinreich, de son petit-fils; il paraissait avoir
entièrement oublié ses premiers projets
et sa promesse de rejoindre son fils
adoptif. Théodore espéra que sa dernière lettre le déterminerait à venir chercher des consolations près de lui.

Ces deux lettres jetèrent dans l'âme
de Théodore une tristesse si profonde,
que l'image même d'Ellésif ne put en
triompher. Abattu, découragé, il commença son voyage avec l'indifférence si
naturelle à l'âme absorbée par une véritable douleur. Peu à peu, les sites
admirables dont il se trouvait environné
firent une heureuse diversion. Quoique
familiarisé avec des objets semblables,
il ne pouvait rester insensible au milieu
de ces beautés sublimes dont l'aspect
élevait toujours ses pensées vers leur
éternel auteur. L'imagination s'agran-

dit, le cœur s'épure par la contempla-
tion de la nature. Qui ne rougirait pas
de ne trouver en soi que vices, que bassesse, quand il est entouré de merveilles
qui lui rappellent si éloquemment un
Dieu tout-puissant et le culte qu'il exige.

CHAPITRE IV.

———

Théodore s'avança jusqu'à Pau ; il visita le berceau d'Henri IV, de cet Henri, né pour l'amour et le bonheur de la France, de ce roi dont le pauvre garde religieusement la mémoire, et dont le nom est devenu le synonyme de l'honneur et de la bonté.

Partout où il s'arrêtait, il demandait des renseignements sur les voyageurs : mais ses recherches et ses questions restèrent sans succès ; il revint en Biscaïe, cotoya les bords enchanteurs de l'Adour, et rentra dans la Navarre.

Le son des guittares, les bruyantes elochettes des mules, lui annoncèrent bientôt qu'il était en Espagne. En arrivant à la Mirador, il y trouva son grand-père qui parut surpris de le revoir sitôt,

mais enchanté qu'il n'eût pas prolongé
son séjour en Aragon.

La première visite de Théodore fut à
la camerara maïor. Même tentative :
même désappointement. Deux heures s'é-
coulèrent sans qu'il fût possible d'amener la conversation sur le comte de Lauvenheilm. La princesse parla de Gaston
de Roye , s'étendit sur la brillante situation actuelle de Théodore ; évitant par
délicatesse de revenir sur sa vie passé.

Animé par le désir d'apprendre ce
qu'il voulait savoir , Théodore , pour
déjouer les précautions de la princesse ,
prit une marche opposée : il détourna
l'entretien sur des choses tout à fait
étrangères à la famille de Lanvenheilm ,
et parla des arts , de la littérature et des
mœurs des différents peuples avec les
connaissances profondes qu'il devait à
l'étude , avec la chaleur et l'imagination
dont l'avait doué la nature.

Madame des Ursins regardait sa physionomie animée et l'écoutait avec au-

tant de plaisir que de surprise. Dans leur première entrevue, elle l'avait trouvé fort bien : mais la retenue naturelle et la gravité ordinaire de Théodore ne lui avaient pas permis de juger combien sa conversation était tout à la fois intéressante, amusante et instructive.

Douée d'un esprit fin, d'un goût délicat, elle-même se sentit électrisée, et lorsque la reine la fit demander et interrompit cet entretien, elle assura en souriant, Théodore, que pour la première fois depuis son séjour en Espagne, elle avait cru respirer l'air délicieux de sa patrie en écoutant sa conversation. En dépit de ce compliment, Théodore se retira désolé d'avoir manqué le seul but de sa visite.

Indépendamment de ses chagrins, il éprouva bientôt de fortes contrariétés de la part de son grand-père, qui tout à coup exerça de nouveau une continuelle inquisition sur les opinions de son petit-fils.

Le comte avait des vues si étroites, des préjugés si absurdes, et des principes si peu fondés sur la raison, que Théodore voyait l'impossibilité de maintenir l'harmonie, à moins de se condamner à un silence absolu.

Ses plans d'amélioration, dont il avait parlé, simplement pour dire quelque chose, devinrent un objet sérieux de contestation. Le comte prétendait que son petit-fils devait perpétuer de pernicieuses coutumes, parce que ses ancêtres les avaient établies, et que des projets d'innovation annonçaient toujours un esprit vulgaire. Mais ce n'était pas là le sujet de leurs plus vives discussions : Théodore, partisan de la tolérance, ne parlait qu'avec horreur de l'inquisition. Le comte alors entrait en fureur, et disait que s'il ne craignait de souiller son illustre maison, il livrerait son petit-fils à la vengeance de ce tribunal. Théodore sentit qu'un homme

4.   6

imbu de pareils préjugés n'entendrait jamais le langage de la raison, et s'imposa un rigoureux silence sur tout ce qui pouvait troubler son repos intérieur. Cependant il se livrait à l'espoir de voir bientôt les amis de son enfance, et déjà il s'était occupé de leur préparer un établissement commode dans sa terre d'Aragon. Pendant son séjour, il fit augmenter, embellir avec soin sous ses yeux une petite maison située dans la vallée, au-dessous et en vue du château, et l'un des rendez-vous de chasse de don Jasper. Maintenant on exécutait par ses ordres, et sous sa direction, divers meubles à l'usage ordinaire de ses amis, mais inconnus aux cultivateurs espagnols.

Partager la demeure de son père adoptif, lui rendre dans ses vieux jours les soins qu'il en avait reçus dans son enfance, tels étaient les vœux de Théodore : mais ses devoirs s'y opposaient.

Il fallait donc qu'il se contentât de pro-
curer à ses vieux amis un asile commode
et une honorable indépendance.

Dans la crainte de trouver chez le
comte de l'opposition à des projets qui
n'étaient que l'accomplissement d'un
devoir sacré , il ne l'avait pas même
prévenu de la prochaine arrivée de ses
bons Norvégiens : le hasard le força de
rompre le silence.

Le comte passant en voiture aperçut
son petit-fils dans la boutique d'un tour-
neur , auquel il faisait achever devant
lui un rouet pour Catherine. Il appela
Théodore , et d'un air très-étonné lui
demanda ce qu'il prétendait faire de
cette machine. — C'est pour la bonne
femme qui m'a tenu lieu de mère ; pour
la sœur du vénérable Dofrestom , dit
Théodore avec l'air du plaisir. Ils ont
l'un et l'autre consenti à quitter leur
pays pour le mien , et j'ai trouvé près
de la Torre un logement qu'avec peu
de frais je rendrai aussi joli que leur

charmante maisonnette? — Fort bien, interrompit le comte ; ne tardez pas à me rejoindre. En achevant ces mots il se renfonça dans sa voiture en ordonnant au cocher de continuer, et Théodore rentra chez l'ouvrier pour lui voir achever son ouvrage.

Pour la première fois il se méprit à la physionomie du comte, et loin de se douter qu'il le demandât pour le gronder, il se hâta de remonter sur sa mule et de courir après la voiture.

Le comte rentrait à peine, lorsque Théodore, empressé de se rendre à ses ordres, parut devant lui.

De quelle absurdité vous occupez-vous, monsieur ? lui dit le comte d'un ton brusque et sévère ; ne trouverai-je donc, dans les personnes de ma race, que des extravagans ? Quel genre de société vous choisissez-vous ? Celle des paysans Norvégiens convient-elle à don Théodore Guévara ?

— La reconnaissance est un bonheur

pour moi, monseigneur; j'en éprouve
une bien vive pour les bontés dont vous
me comblez; mais je ne saurais, sans
ingratitude, oublier les bienfaits qui
m'ont été prodigués dans mon enfance.
Je voudrais, à cause de la noble famille
à laquelle j'appartiens, que mes premiers amis fussent d'une origine moins
obscure : mais quelle que soit leur condition, ils n'en sont pas moins mes bien-
faiteurs. Après tout, je fais bien peu
pour les récompenser de vingt-un ans
de soins et de tendresse : un cœur tel
que le vôtre, monseigneur, ne saurait
blâmer la reconnaissance, la générosité.... Non, vous ne me condamnez
pas sérieusement,.... Non, vous ne le
pouvez pas....

— Don Théodore, s'écria le comte,
vous croyez me gagner par vos belles
paroles; j'ai découvert votre artificieuse
méthode pour me gouverner: mais je suis
sur mes gardes. Je vous blâme, monsieur, et très-fortement; j'insiste pour

que vous renonciez à ce plan ridicule.
Envoyez à ces gens-là une somme d'argent qu'ils dépenseront avec les personnes de leur sorte, et ne les amenez point
ici pour m'insulter, en mettant un paysan du nord en comparaison avec le
comte de Roncezvalles.

· Théodore feignit de ne pas avoir entendu la dernière parole. — De l'argent,
monseigneur, ne serait point une ré-
compense pour ceux qui ont, en Norvège, tout ce qui suffit à leurs modestes
désirs : mais privés du seul lien qui les
attache à ce pays, par la mort d'un fils
adoré, ils ont seulement besoin de consolation ; mon cœur et mon devoir me
commandent de ne pas les abandonner,
et j'avoue que le bonheur de me voir
reconnu par un illustre parent, de posséder d'immenses richesses, et l'apparence de toutes les félicités terrestres....

Théodore s'arrêta en soupirant involontairement, et le comte, transporté
de colère, s'écria : Je vous comprends,

monsieur, je vous comprends parfaitement; vous comptez vivre à la Torre et
me laisser dans la solitude, tandis que
vous consacrerez vos soins à ces paysans?
— Vous me jugez mal, monseigneur; je
sais ce que je dois à mon aïeul; je saurai
remplir également mes devoirs envers
lui et envers les protecteurs de mon enfance : mes premiers soins, ma tendresse,
mes respects seront toujours pour lui.
Il me suffira de savoir que mes vieux
amis jouiront d'un asile commode, et
je ne les verrai qu'un moment chaque
année, et quand vous-même m'en aurez
accordé la permission.

— C'est bien, monsieur, interrompit
le comte, ne sachant que répondre à
cette manière aimable de tout concilier.
Mais puis-je supporter sans indignation
que vous alliez vivre familièrement avec
des gens que vous devriez considérer
seulement comme de bons et fidèles serviteurs? — Oh! monseigneur! monseigneur! interrompit Théodore en dé-

tournant son visage et rougissant de honte d'une si basse insensibilité ! Oui, monsieur, comme vos serviteurs, je le répète, dit le comte d'une voix de tonnerre en se levant et frappant du pied. Vous pouvez payer leurs services ;.... s'ils avaient connu votre illustre naissance, ne pensez-vous pas qu'ils auraient volontiers reçu des gages ?.... Faites donc à présent ce que vous auriez fait alors ; mais une fois pour toutes, je vous défends de faire venir ces gens-là en Espagne ; je ne veux point partager votre respect et vos attentions avec un paysan.

— Vos ordres viennent trop tard, monseigneur, répondit Théodore cherchant à concentrer son indignation. Mes amis sont sans doute sur mer en ce moment. D'ailleurs, permettez-moi de vous le dire, quel que soit mon respect et ma soumission envers vous, quelque loi que je me sois faite d'obéir en tout à vos ordres, de vous sacrifier même mes

inclinations; je n'ai pas promis de manquer à l'honneur, à la reconnaissance;
je ne l'ai pas promis, parce que vous
étiez incapable de l'exiger. Ici j'ai à
remplir un devoir imposé par ma conscience, un devoir commandé par le
ciel même que je ne peux soumettre à
la volonté de personne..... pas même à
celle du comte de Roncezvalles, pas
même à celle de mon père, s'il vivait.

Sans attendre de réponse, il salua son
grand-père stupéfait, et ouvrant rapidement une porte qui donnait sur la
terrasse, il descendit dans le jardin et se
perdit bientôt dans un bosquet éloigné.

Agité, découragé, affligé, il ne put
s'empêcher de s'écrier tout haut : Oh !
pourquoi ai-je quitté mes respectables
amis ? Pourquoi ai-je fait valoir mes
droits ?... Dieu !,.. Dieu !.... arrachez-
moi de ce palais,.... dépouillez-moi de
mon rang, de mon état, de ma fortune,
de mon nom,... si, pour les posséder, il
faut renoncer à la vertu. Quelques lar-

mes s'échappèrent de ses yeux en réfléchissant que son sort brillant devenait un
obstacle à son bonheur. En effet, il con-
noissait trop bien le caractère de son
grand-père pour se flatter de lui faire
adopter son attachement pour Ellésif,
quand il connaîtrait la malheureuse chute
et la situation équivoque du comte de
Lauvenheilm. Cependant Théodore se
sentait disposé à braver ses reproches et
sa colère pour un objet si cher.... pour
un bonheur si passionnément désiré!...
Ah! s'il retrouvait Ellésif, s'il en était
aimé, s'il obtenait le consentement du
comte de Lauvenheilm, pourrait-il remplir la promesse fatale qu'il venait de
renouveler à son grand-père?... Non,...
non, jamais! Mais le comte de Ronce-
valles lui-même, malgré son orgueil,
son insensibilité, résisterait-il à la séduc-
tion puissante d'Ellésif? Théodore ne
croyait pas la chose possible, tant il est
vrai que l'espérance ne nous abandonne
jamais, et qu'il se mêle aux plus amères

angoisses de l'amour une douceur in-
connue dans tous les autres sentiments
de la vie. Ceux de Théodore perdirent
leur amertume, et un mouvement de
joie leur succéda.

Son espoir cependant était plutôt l'effet d'une espèce d'instinct que d'un rai-
sonnement ; nul motif ne le justifiait :
mais telles sont les inconséquences du
cœur humain : la passion nous fait envi-
sager comme imaginaires des souffrances
réelles et nous fait jouir, par un doux
prestige, du bonheur anticipé d'un avenir douteux et souvent impossible.

Théodore, bercé des plus flatteuses
illusions, revenait du château à travers
un bois d'acacias, lorsqu'il entendit tout
à coup de la musique dans l'éloignement.
Il s'avança doucement. Grand Dieu !
quel fut son étonnement, quelle fut son
émotion ! Il crut reconnaître les accents
si doux de la voix d'Ellésif ; et tout à
coup oubliant le ressentiment du comte
de Lauvenheilm, ses sujets de plaintes

contre Ellésif, il s'élance, franchit en un moment la distance qui le sépare d'un groupe qu'il aperçoit dans l'éloignement à travers les arbres, et se trouve en présence de sa tante et de ses cousines.

Dona Olivia, qui venait de chanter, se leva toute confuse, mais avec l'air du plaisir; la marquise le salua affectueusement en lui tendant la main, tandis que Thodore, surpris et embarrassé, s'excusait de les avoir dérangées. Il s'exprimait d'une voix si tremblante que la marquise, ne pouvant pas deviner le motif d'une si vive émotion, l'interpréta d'une manière bien contraire à la vérité. Elle prit son bras, fit signe à ses filles de la suivre et sortit du bosquet.

C'était la première fois qu'elle le voyait depuis qu'il avait été légalement reconnu fils de don Balthazar. La marquise en fit la remarque d'un ton satisfait en embrassant tendrement son neveu et en disant à ses filles d'imiter son exemple. Lorsque Théodore embrassa Isabelle, il suivit la tranquille et tendre impression que lui inspirait sa ressemblance avec sa mère : mais la voix d'Olivia avait jeté une telle confusion dans ses pensées, qu'en se tournant vers elle il tremblait comme s'il se fût approché d'Ellésif ; à peine osait-il prendre sa main et y porter ses lèvres. S'il avait observé la surprise et la joie de sa tante, ou s'il avait pu savoir tout ce que cette étrange différence faisait imaginer à Olivia, combien il se serait reproché l'erreur occasionnée par sa conduite ! Quel honorable repentir il eût éprouvé de faire naître des espérances qu'il n'était pas en état de réaliser ! mais uniquement occupé de sa fâcheuse méprise, il n'observait rien et ne s'apercevait pas que la marquise plaçait près de lui sa fille favorite. En répondant aux diverses questions que lui adressaient ses parentes, il paraissait toujours distinguer Olivia, mais cette distinction n'était plus la

source involontaire d'un sentiment dont
une autre était l'objet ; elle provenait de
l'idée qu'Olivia n'était pas heureuse.
Durant son séjour à Madrid, il avait
entendu dire que le fils du duc d'Harcourt, après avoir offert ses vœux à
Olivia et persuadé la famille de ses ho-
norables intentions, était subitement
reparti pour la France, où il allait se
marier avec une autre.

A l'époque de cet événement, Théodore ne connaissait pas encore sa cousine, que sa tristesse et son air rêveur
lui firent regarder comme une victime
de l'amour. Dès lors il se sentit attiré
vers cette intéressante cousine par la sympathie des souffrances autant que par les
liens du sang. La marquise, pleine d'une
toute autre idée, et ravie de ses conjectures, pria Théodore de se joindre à la
société qui l'attendait dans le bosquet et
de prendre part à la collation qu'on y
préparait. — Cette invitation, ma chère
tante, répondit Théodore en lui baisant

respectueusement la main, me rappelle
que j'ai une promesse à tenir, bien
contre mon gré assurément, mais enfin
il faut l'accomplir, car je ne voudrais
pas, même pour le bonheur de jouir de
votre société, manquer à ma parole :
souffrez donc que je vous quitte.

Un homme plus habitué au monde
aurait dit : « Je suis désespéré. » Mais
les simples paroles de Théodore rece-
vaient toujours une nouvelle force par
l'expression de ses yeux, par le ton de
sa voix; il se retira laissant à sa cousine
une impression funeste à son repos.

A son retour à la Mirador, il trouva
son grand-père prêt à se mettre à table.
Son front sévère présageait une tempête ; mais son petit-fils ne parut pas y
prendre garde, et le comte, retenu par
le calme et la dignité de Théodore,
sentit le pouvoir d'une âme supérieure,
et n'eut pas le courage de revenir sur
leur dernière discussion.

Entouré d'un grand nombre de domestiques, leur dîner se passa comme à l'ordinaire. Avant que le comte se re-tirât pour faire sa sieste, il remit une lettre à Théodore. — Voilà ce qu'on m'écrit; lisez, monsieur, et dites-moi quelle réponse vous voudriez que j'eusse faite; ceci vous concerne personnelle-ment.

— Si votre excellence a déjà répondu, dit Théodore en changeant de couleur, il est peut-être inutile que je prenne lecture de cette lettre.

— Lisez, monsieur, et puis vous par-lerez.

Théodore obéit. Ses craintes, qui s'étaient portées sur quelque proposition de mariage pour lui, se calmèrent lors-qu'il vit que cette lettre de la princesse des Ursins contenait simplement l'offre obligeante de faire nommer Théodore écuyer de l'infant, prince des Asturies, si toutefois cette proposition pouvait con-venir au comte de Roncezvalles et à son petit-fils.

Eh bien ? monsieur, demanda le comte avec un malin espoir de le tourmenter.

— Je serais fâché, monseigneur, que vous eussiez accepté. J'ai du mépris pour les places de la cour qui ne sont qu'un vain titre, et jusqu'à ce que je connaisse parfaitement les lois, les intérêts et le caractère de mon pays, je me regarde comme incapable de remplir un poste où l'on peut rendre des services réels.

Le comte crut qu'il dissimulait, et, souriant d'un air moqueur, il lui dit en se levant pour se retirer : Enfin, pour cette fois je vous approuve ; j'ai répondu à la camérara major que je préférais vous garder pour moi seul ; ainsi vous pourrez étudier à loisir la politique, et vous flatter de bouleverser, un jour l'Espagne comme vous avez déjà fait pour votre terre d'Aragon, et comme vous comptez faire ici quand je n'existerai plus. Il sortit en disant ces mots.

Ce sarcasme amer, en rappelant à

Théodore la désagréable image de doña
Elvira, lui inspira une idée bien triste :
n'était-ce pas dans la carrière politique
que l'infortuné comte de Lauvenheilm
avait perdu et la fortune et l'honneur?....
Un cœur si noble, un esprit si supérieur
avait failli : qui pouvait se flatter d'échapper aux piéges semés dans la carrière
fatale de l'ambition ? N'était-il pas plus
sage de choisir une autre route?

La méditation de Théodore fut interrompue par une lettre du chevalier
de Roye, qui lui apprenait la mort de
sa mère. Après quelques courtes mais
sincères expressions de douleur filiale,
Gaston annonçait l'espoir de revoir bientôt son ami. Il se flattait d'être employé
comme agent particulier pour travailler
à une paix générale négociée par sa
cour. D'après ce projet, on ne pressait
pas son échange, afin qu'il n'excitât
aucun soupçon en retournant en Espagne, où l'honneur lui imposait l'obligation de revenir.

Dans la position où se trouvait Théodore, rien ne pouvait lui faire plus de
plaisir que cette nouvelle. Enchanté
d'avoir un prétexte pour éviter une nouvelle discussion avec son grand-père, il
sortit pour aller faire ses remerciements
à la princesse des Ursins.

Au plus gracieux accueil, la favorite
mêla quelques agréables reproches contre le vieillard despotique qui abusait
déraisonnablement de son temps et de
ses talents; mais quand Théodore, avec
douceur et sans ostentation, détailla ses
raisons pour refuser une place que tant
d'autres jeunes gens auraient prise avec
empressement ; lorsqu'elle apprit que,
passant les jours occupé à des bagatelles
par complaisance pour son grand-père,
il dévouait une partie des nuits à de
profondes études, la princesse ne put
refuser son approbation à Théodore,
et l'encouragea même à persister dans
un plan de vie qui promettait un sujet
distingué au roi, et un appui à l'Espagne.

Elle lui désigna pour lors les ministres les plus habiles, l'exhortant à cultiver leur amitié, et finit par lui développer franchement son plan pour la prospérité d'une nation dont elle prenait les intérêts avec un sentiment presque patriotique.

Théodore, aussi charmé de son éloquence que surpris de ses profondes observations et de la clarté de ses vues, n'eut pas besoin des secours de la galanterie pour lui promettre la plus grande docilité aux instructions dont elle voulait bien l'honorer; et si elle avait ajouté à sa conversation quelques nouvelles d'Ellésif, Théodore n'aurait pas mis de bornes à son enthousiasme pour elle.

Mais, hélas! elle parla de Gaston, elle parla de don Julian Casilio qu'une brillante action venait de couvrir de gloire:.. elle ne prononça pas le nom du comte de Lauvenheilm!

Quelques visites entrèrent. Théodore avait déjà pris congé et sortait, lorsqu'il

entendit ces mots adressés à la princesse
par un jeune homme qui lui parlait très-
familièrement ; c'était le chevalier de la
Trémouille : « Un de mes gens m'a dit
« qu'il avait laissé le comte de Saint-
« Etienne au prochain relai ; dans ce
« moment, il n'est pas à plus d'une de-
« mi-lieue de Corella... Ah ! combien
« je vous sais gré d'attirer en Espagne
« ma jolie cousine, qui serait morte
« d'ennui dans son vieux château de
« l'Anjou. »

Théodore eut bien de la peine à passer
dans l'autre pièce ; la surprise et la joie
lui ôtaient toutes ses facultés : cependant, comme la princesse des Ursins
congédia promptement ses visites, Théodore fut obligé de se retirer comme les
autres. La Trémouille le salua en passant, et continua son chemin. Théodore
se trouva près de lui sur l'escalier, et
chercha comment il pourrait obtenir des
détails sans compromettre l'étiquette espagnole.

Il connaissait à peine la Trémouille. Parler d'un ton ému, d'une voix tremblante, c'était lui donner peut-être beaucoup à penser ; parler légèrement de la charmante cousine qu'il attendait, c'était paraître bien familier.... Comment donc faire ?.... Pendant que Théodore réfléchissait, il manqua le moment favorable, et la Trémouille s'échappa.

Le mal n'était pas sans remède, et le mécontentement de Théodore se dissipa en réfléchissant à la douce perspective qui maintenant s'offrait à lui. Il était impossible qu'il ne rencontrât pas Ellésif dans la société ; elle avait trop peu d'empire sur elle-même pour qu'il ne devinât pas dans ses yeux ce qui se passait dans son cœur, pour qu'il n'y vît pas sa propre destinée.

Quelque chose lui disait tout bas que le comte n'était plus irrité si vivement contre lui, puisqu'il venait en Espagne où il devait nécessairement le rencontrer souvent. Théodore se flatta que la conidération dont il jouissait généralement, sa situation et le bonheur même d'Ellésif détermineraient le comte à lui rendre toute son affection.

Ce n'était pas, en effet, le moment du découragement ni d'aucune crainte fondée. Plein d'espérance et de joie, Théodore s'achemina vers la route de France.

Désirant voir Ellésif sans se montrer lui-même, il se plaça dans un bois planté sur le nord de la route, et de là, dans la plus vive agitation, et comptant toutes les minutes, il examinait avec inquiétude tous les équipages qui passaient devant lui. Après une longue et vaine attente, il abandonna tout espoir. Le jour commençait à baisser; son grand-père l'attendait sans doute. Il allait enfin reprendre la route de Corella lorsqu'une voiture d'une couleur sombre, sans armoiries, et d'une forme absolument étrangère, s'offrit à ses regard. Elle passa comme l'éclair, mais Théodore

eut le temps de reconnaître la comte de
Lauvenheilm , de remarquer son changement, de voir qu'il n'était plus que
l'ombre de lui-même. Le comte ; en
mettant la tête à la portière , ne lui permit pas de rien distinguer dans l'intérieur de la voiture , et Théodore , son
chapeau rabattu sur les yeux, et caché
d'ailleurs par les arbres , échappa à ses
observations.

La vue passagère d'Ellésif pouvait
changer la nature de l'émotion de Théodore ; mais non pas la rendre plus forte.
Comment voir en effet, sans une amère
douleur , sans un profond attendrissement, la situation présente et l'abattement de celui qu'il avait aimé , respecté
comme un père, admiré comme un génie du premier ordre , adoré presque
comme un être supérieur à l'espèce hu-
maine?

Le malheur bien plus que le temps
avait changé cette figure jadis si par-

faite. Cette idée ajoutait à la pénible émotion de Théodore, et réveillait dans son cœur les plus cruels souvenirs.

Cependant la voiture continuait rapidement son chemin. Théodore la suivit des yeux aussi long-temps qu'il put l'apercevoir : mais elle disparut bientôt derrière la hauteur.

Théodore appela toutes les bénédictions du ciel sur ses anciens amis, et, s'arrachant de ces lieux, il se hâta de retourner à la Mirador.

CHAPITRE V.

En arrivant, il trouva le comte lisant un billet de dona Elvira qui lui annonçait son arrivée à Corella. Elle accompagnait son mari nommé à une ambassade et se contentait de faire demander des nouvelles de son grand-père.

Qu'il est pénible de remplir les devoirs de l'affection quand le cœur n'y entre pour rien ! aussi Théodore n'allait-il qu'avec répugnance féliciter sa sœur, bien persuadé qu'il ne trouverait en elle aucun sentiment qui répondît aux siens. L'entrevue dura peu : Elvira se montra froide, Théodore réservé. Après quelques propos insignifiants, Elvira annonça l'intention de sortir, et Théodore s'empressa de la laisser libre. Uni-

quement occupé de découvrir Ellésif,
le lendemain il sortit de très-bonne
heure pour avoir des renseignements
positifs.

Le hasard le servit à souhait.

Il rencontra son cousin, le marquis
de Montenejos, et lui demanda d'où il
venait. Il répondit qu'il avait été se faire
écrire chez le comte de St-Etienne.

Eh! qui est-il? demanda Théodore
empressé de savoir ce que la princesse
des Ursins et le comte lui-même vou-
laient laisser connaître ou faire croire
en Espagne.

C'est un Français, je suppose, dit
Montenejos, et de grande importance,
car la princesse des Ursins le présente
comme un de ses parents; ainsi bien
certainement tous ceux qui l'aiment ou
la craignent s'empresseront de témoigner
des égards à cet étranger; quant à moi,
je m'en fais un vrai plaisir, car je suis
fort attaché à la princesse qui, à mon
avis, mérite l'estime des Espagnols.

—Il est arrivé seul ? demanda Théodore d'une voix tremblante.

—Non ; j'ai entendu dire quelque
chose de sa fille : mais je ne l'ai pas
vue. Le comte intéressé au premier
abord ; cependant, à son air sérieux et
mélancolique., à son silence., je juge
qu'il aime peu le monde et je doute
qu'il paraisse souvent à la cour. Je puis
toutefois me tromper : il est à peine déli-
vré d'une fièvre nerveuse qui l'a tourmenté long-temps ; il ne faut donc pas
juger trop précipitamment ni son esprit
ni son caractère.

Le marquis alors changea de conversation et se plaignit de l'obligation
où il se trouvait de se rendre à Valence
et de perdre les plaisirs que promettait
l'agréable société réunie à Corella. Il
embrassa cordialement son cousin et lui
fit ses adieux, car il devait partir le jour
même.

La maladie du comte de Lauvenheilm
expliquait suffisamment pourquoi il n'a-

vait pas accepté tout de suite l'invitation
de la princesse des Ursins. Théodore
ne put voir sans chagrin son ancien ami
réduit maintenant à cacher même son
nom. Il pensa qu'il serait généreux à
lui de n'avoir pas l'air de connaître le
comte de Lauvenheilm, puisqu'il paraissait résolu à garder l'incognito.

Deux ou trois jours après, Théodore
apprit avec chagrin que le comte de
St.-Etienne recevait en général peu de
visites, et qu'il avait allégué sa mauvaise
santé pour refuser un dîner chez un
ministre étranger. Cependant, il espéra
que son grand-père n'oserait pas manquer à la favorite en refusant une politesse à son parent ; en effet, le comte de
Roncezvalles annonça l'intention d'aller
rendre une visite au comte de St.-Etienne.
—Vous m'accompagnerez, don Théodore, dit-il à son petit-fils, au moment
où entraient don Pedro Ronquillo et sa
femme. Il leur fit part de son projet,

et leur demanda ce qu'ils feraient eux-
mêmes en cette occasion.

Dona Elvira répondit, avec un rire
sardonique : Ah ! vous allez donc aussi
porter là vos hommages pour plaire à
l'idole ? mais en dépit de toute l'adresse
qu'elle a employée, on sait fort bien
maintenant qui est ce comte de St.-
Etienne.

Théodore s'approcha involontairement. Sa sœur, sans faire attention à
lui, continua : — Ce n'est point un seigneur français, comme on a trouvé bon
de vous le dire ; je tiens de bonne source
que c'est un seigneur danois, banni de
son pays, qui cherche un asile dans le
nôtre. Les aventuriers réussissent si bien
en Espagne ! .... témoin notre belle
princesse elle-même !

— Un peu de discrétion, madame,
interrompit don Pedro, au moins devant
ses parents ; je vous le demande en grâce,
ménagez vos opinions en parlant de cet

étranger. Son exil est enveloppé d'un
grand mystère et nous ne devons pas
nous mêler de cela. Il a un titre en
France , sans cela madame des Ursins
n'aurait pas osé le présenter comme le
comte de St.-Etienne. Je crois pouvoir
assurer qu'il ne vient ici que pour marier
sa charmante fille.

Théodore indigné , mais retenu par
la prudence , se tenait à l'écart , écoutant en silence , et trouvant sa sœur
moins aimable que jamais.

—Et quel est le nom de ce Danois?
demanda le comte avec hauteur.

—On m'a dit son nom , reprit don
Pedro , mais je l'ai oublié.... le comte....
le comte de....

— Lauvenheilm , peut-être ? dit le
comte :

—Précisément, répondit dona Elvira
avec vivacité.

Ces mots ne furent pas plus tôt pro-
noncés, que le comte appela ses gens
et contremanda sa voiture ; puis s'appro-

chant de Théodore : — Il est heureux que nous ayions appris ces détails, lui dit-il à voix basse ; ils épargnent à moi une fausse démarche, à vous l'humiliation de voir l'homme auprès de qui vous avez jadis vécu dans la dépendance.

—Vous vous trompez, monseigneur, répondit Théodore d'une voix à peine intelligible ; je ne me souviens jamais de ma première position avec un sentiment pénible, quelque agréable que soit maintenant mon sort. — Puisque votre cœur aime tant à payer les bienfaits, observa doña Elvira d'un ton de sarcasme, le moment est venu de vous acquitter envers le comte en épousant sa fille.

Cette ironie déplacée irrita le comte de Roncezvalles, d'ailleurs fort mécontent qu'une époque aussi dégradante, selon lui, fût rappelée devant don Pedro. Dona Elvira, voyant sa colère, se fit un malin plaisir de l'augmenter et de mor-

tifier Théodore, très-indifférent sur tout
ce qui le regardait personnellement. Il
frémissait d'indignation en entendant
plaisanter sur la chute de son bienfaiteur.

Enfin, ce cruel entretien se termina.
Don Pedro prit congé en annonçant sa
nomination à l'ambassade de Savoie,
et son prochain départ; et le pauvre
Théodore resta sans espoir de voir
Ellésif autrement que par un effet du
hasard.

Mais tout semblait conspirer contre
lui; la maladie toujours croissante de la
reine obligea la camerara major à se
séquestrer de la société; si le comte de
Lauvenheilm se trouvait invité en même
temps que lui, un accident imprévu
rompait l'assemblée; le comte de Roncezvalles était incommodé, ou bien Ellésif se trouvait retenue chez la reine,
qui aimait son entretien et sa douce voix,
et les sons mélodieux de sa harpe.

Quoique Théodore eût remarqué que

7.

son grand-père exagérait quelquefois ses indispositions uniquement pour exercer son pouvoir despotique avec quelque apparence de raison, il ne pouvait se décider à négliger aucun de ses devoirs, envers lui.

Tout ce qu'il entendait dire du comte de Saint-Étienne lui donnait l'espérance que le repentir avait suivi sa faute; on le lui décrivait comme un homme triste et solitaire, évitant les grandes sociétés, et probablement ne voyant quelques personnes que pour l'amour de sa fille.

Que n'aurait pas donné Théodore pour qu'un génie bienfaisant rapprochât leurs cœurs ! Comment l'espérer tant que Gaston serait absent?

La princesse des Ursins fit annoncer qu'elle recevrait : chacun s'empressa de lui rendre son hommage. Théodore avait trop à s'en louer pour négliger cette occasion de lui faire sa cour. Était-ce là son seul motif ? Nous laissons au léc-

teur à le deviner. Jaloux de lui plaire
en tout, Théodore avait, pour cette
visite, quitté le costume espagnol, et
pris l'habit français. Elle le remercia de
cette aimable galanterie, reçut avec sa
grâce ordinaire les excuses du comte de
Roncezvalles, et ajouta à voix basse :
Vous verrez le comte de Saint-Etienne
et sa fille à mon cercle, lundi, si cela
ne vous est pas désagréable. — Bien au
contraire, reprit Théodore, relevant
ses yeux pleins de feu et les baissant
aussitôt en apercevant la surprise de la
princesse. — Savez-vous qui ils sont,
lui dit-elle ? Théodore, un peu embarrassé, répondit en hésitant: D'après ce
qu'on m'a dit, je verrai deux personnes
que j'ai eu jadis le bonheur de croire
mes amis.

La princesse ne répondit pas, mais
lui sourit gracieusement, et s'éloigna pour s'occuper du reste de la
société.

Théodore partit le cœur plein d'es-

pérance et de joie , car il ne doutait pas
que la princesse ne répétât au comte ses
expressions , et le désir qu'il avait témoigné de le revoir.

L'important lundi arriva enfin : mais il
commença malheureusement. Le comte
de Roncezvalles prit le chocolat dans
son lit, en se plaignant d'une indisposition , et lorsqu'il descendit dans son
salon, Théodore vit avec consternation ,
sur sa figure , de fàcheux symptômes. .
En vain il proposa d'envoyer chercher
le médecin , en vain il usa d'un innocent stratagème pour le faire venir comme par hasard , le comte par esprit de
contradiction et parce que son petit-fils
montrait une vive inquiétude , refusa de
le voir. Théodore n'osa pas insister et
continua ses assiduités près du malade,
dont l'état lui donna de sérieuses alarmes ; c'était une véritable attaque d'a-
poplexie , et ce n'était pas la première.

Enfin le comte se trouva mieux; Théodore , dans une parure tout à la fois

noble et modeste, vint prendre congé et demander à son grand père s'il pouvait se passer de ses soins.

Jamais d'aussi vives couleurs n'animèrent son teint, jamais ses yeux ne brillèrent de tant d'éclat, jamais sa gracieuse physionomie ne fut embellie par l'expression d'un plus parfait bonheur ! avec plus d'amour-propre, combien il eût été satisfait de lui-même, combien il aurait éprouvé de plaisir à paraître aussi avantageusement devant l'objet de son amour !.... Hélas ! tant de félicité ne lui était pas réservée ! en rentrant dans l'appartement de son grand-père, il le trouva presque évanoui dans son fauteuil. A force de soins, on le fit revenir de cette attaque ; à peine eut-il repris ses sens qu'il ordonna à Théodore de se rendre à l'assemblée de la princesse, se réservant secrètement de lui faire une querelle s'il obéissait. Théodore différa, et l'instant d'après son sort fut décidé pour la soirée ; une attaque plus alar-

mante succéda à la première ; on en-
voya chercher le médecin ; et Théodore
fut obligé de renoncer à cette soirée ,
qu'il attendait avec tant d'impatience.

Cependant Ellésif , qui depuis son
arrivée en Espagne avait éprouvé les
mêmes craintes, les mêmes espérances
que Théodore , se préparait de son côté
à une entrevue de laquelle dépendait le
sort de sa vie.

Pour ne point empêcher sa fille et
Théodore de manifester en liberté tous
leurs sentiments , le comte s'excusa , et
prévint sa fille qu'elle irait seule chez
son illustre parente.

Il fallait songer à la toilette. Ellésif,
qui d'ordinaire s'en occupait fort peu ,
délibéra long - temps sur le costume
qu'elle choisirait. Que de souvenirs,....
que de pensées l'agitaient pendant cet
examen ! .... Théodore aimait-il toujours
la simplicité ? ses goûts n'avaient-ils pas
changé ainsi que son état et sa fortune ? .... L'héritier de Roncezvalles

songeait-il encore à la fille d'un proscrit, d'un coupable ? Au milieu de ces
réflexions le temps s'écoulait, sa femme-
de-chambre , qu'elle avait renvoyée,
entra pour l'en avertir, et la toilette
commença. Pour la première fois peut-
être, la naïve Ellésif éprouva le désir
d'être bien ; pour la première fois, depuis son départ de Norvège, elle observa en frémissant combien ses traits
étaient altérés ; sa fraîcheur, l'éclat de
ses yeux, tout avait disparu ; maigre et
pâle, elle pouvait encore intéresser, ins-
pirer une tendre pitié.... mais plaire.....
hélas ! pouvait-elle s'en flatter ?.... En
se faisant cette question , elle sentit
couler sur ses joues des larmes qu'elle
se hâta d'essuyer pour dérober son
trouble à sa femme-de-chambre ; puis,
rougissant de sa faiblesse , elle se dit
intérieurement : Ferai-je à Théodore
l'insulte de le croire un homme assez
ordinaire pou n'apprécier que ces
faibles avantages ? Plus calme, elle

acheva enfin l'importante toilette et se rendit de bonne heure chez la princesse. L'assemblée était peu nombreuse encore. Ellésif se plaça à côté de madame des Ursins, qui, pour l'encourager, lui fit les compliments les plus flatteurs snr sa mise et sur sa figure. Bientôt la foule arriva. A chaque personne qui entrait, le cœur d'Ellésif battait, elle baissait les yeux et les relevait bientôt, espérant qu'ils rencontreraient ceux de Théodore. Mais les visites se succédèrent, la soirée s'écoula, et Théodore ne parut pas.

Ellésif, humiliée, désolée, revint chez elle, persuadée que l'absence de Théodore était évidemment préméditée, et annonçait de sa part un éloignement positif pour elle et pour son père.

L'inquiétude du comte, quoiqu'il ne l'exprimât jamais, n'était pas moins grande que l'agitation de sa fille ; quand il rentra, il chercha dans ses yeux à deviner ce qu'il n'osait demander. Sa

pâleur et son air presque égaré l'ins-
truisirent assez. Sans faire une question,
pénétré de remords et de pitié, il tendit
les bras à Ellésif, qui s'y précipita en
fondant en larmes. Le comte la pressa
plusieurs fois sur son sein, sans parler;
ce moment de confiance n'avait pas besoin de paroles.

Soulagée par les larmes, Ellésif quitta
les bras de son père, et le priant de
vouloir bien l'excuser, se retira précipitamment dans sa chambre.

Une visite du chevalier de la Trémouille, faite le lendemain matin, interrompit les réflexions du comte, qui
pensait sérieusement à retourner en
France ou à poursuivre le tour de l'Espagne, dans la crainte que Théodore
ne soupçonnât le vrai motif de son séjour. Le comte attribuait la douleur ex-
cessive d'Ellésif à quelque marque de
mépris échappée peut-être à celui qu'elle
aimait si tendrement ; l'idée de Théodore absent ne s'était pas offerte à son

esprit. Il sut bientôt à quoi s'en tenir.
Le chevalier de la Trémouille raconta
par hasard l'alarmant accident du comte
de Roncezvalles : tout s'expliqua de
cette manière. Lauvenheilm sentit s'é-
vanouir son indignation contre Guévara,
et vit, avec une douce satisfaction, les
joues d'Ellésif se couvrir d'une vive
rougeur, et une larme de joie s'échapper de ses yeux.

Le chevalier, soit par ton, soit par
défaut de sentiments, tournait volontiers en ridicule les soins prodigués à la
vieillesse, le désintéressement, la mo-
destie; il voulut plaisanter au sujet de
Théodore, et manqua totalement son
but, car il ne fit que réveiller l'affection et l'estime du comte, et ranimer
l'amour d'Ellésif.

Après cette explication, Ellésif, plus
tranquille, se livra de nouveau à l'espoir de rencontrer bientôt Théodore;
mais la sérieuse maladie du comte rendit
la chose impossible, car Théodore ne

parut plus, même dans les rues de Corella, surmontant ses plus forts désirs
par respect pour son devoir, et passant
tout son temps au chevet du lit de son
grand père.

Ellésif entendit toutes les jeunes dames
espagnoles se plaindre de son absence.

Aucune ne pouvait aussi-bien qu'Ellésif apprécier les plus nobles qualités
de son âme ; mais elles peignaient les
charmes de sa personne et de ses manières avec une vivacité qui faisait battre
le cœur d'Ellésif bien plus de plaisir que
de jalousie, car un pressentiment secret
lui disait qu'il était constant. Ses jours
s'écoulaient maintenant avec un charme
connu seulement des véritables amants ;
elle ne voyait point Théodore, mais
partout on faisait l'éloge de son caractère, de ses connaissances, de ses talents, de son cœur noble et généreux.
Quelle source de bonheur pour la tendre
Ellésif !

Malgré son changement, Ellésif était

toujours charmante : les grâces et l'expression ne passent jamais. Sa douce
mélancolie intéressait ; ses talents, son
esprit séduisaient ; sa parenté avec la
favoriste, sa faveur toujours croissante
auprès de la reine, éblouissaient, et
bientôt elle se vit entourée de nombreux
adorateurs.

Le comte de Lauvenheilm reçut plusieurs propositions pour sa fille, et
Théodore, dans sa retraite, apprit avec
une vive satisfaction qu'elle avait refusé
les plus brillants partis. Ces détails furent
donnés à Théodore par don Julian Casilio, revenu de l'armée de Catalogne
depuis la clôture de la campagne ter-
minée par la retraite de l'archiduc,
que la mort de l'Empereur venait de
rappeler en Allemagne. L'Angleterre
d'ailleurs abandonnait sa cause ; toute
contestation devenait inutile, et Phi-
lippe demeurait tranquille possesseur de
la monarchie espagnole.

Théodore passait, dans l'agréable

société de son généreux ami, de son premier ami espagnol, les courts instants qu'il pouvait dérober à son grand-père. Théodore avait procuré à don Julian la connaissance de la marquise Amezaga, et par son entremise il recevait souvent de leurs nouvelles durant son ennuyeuse réclusion. Don Julian connaissait les premiers rapports de Théodore avec le comte de Lauvenheilm; il l'entretenait souvent du comte de Saint-Etienne, et saisissait toutes les occasions de l'assurer que ce dernier ne parlait de lui qu'avec la plus haute considération. Tous affirmaient la même chose. Théodore, de son côté, se faisait un devoir et un plaisir de répéter combien il aimait et estimait le comte, et combien il était contrarié d'être privé, par la maladie de son grand-père, de l'avantage de le voir.

Cette maladie n'offrait plus aucune apparence de danger : mais le vieillard, toujours égoïste et despotique, semblait prendre plaisir à prolonger son mal, du moins en apparence, pour prolonger l'esclavage de Théodore : enfin cette tyrannie le fatigua lui-même ; il s'ennuya de jouer si long-temps le convalescent, et sentant tout à coup le désir de prendre l'air et de faire de l'exercice, il quitta sa robe-de-chambre et sortit le même jour où il permit à Théodore de passer les portes de la Mirador.

Théodore avait depuis long-temps écrit à la princesse des Ursins pour lui faire ses excuses. Il se présenta avec empressement chez elle, dans l'espoir d'être engagé à sa première assemblée. Avec quel transport il apprit qu'elle étoit invitée à dîner la semaine suivante dans une maison où il devait aller, et qu'elle y serait accompagnée par le comte de Saint-Etienne et sa fille.

Cette espérance était nécessaire pour adoucir la peine que lui fit une lettre du chevalier de Roye, retenu encore à

Londres pour long-temps peut-être, par
les intrigues des cabinets étrangers qui
retardaient sa mission en Espagne.

Théodore eut bien de la peine à supporter avec résignation cette contrariété,
car il pensait que de cet ami seul dépendait désormais sa réconciliation avec
le comte, et par conséquent son bonheur. L'espoir de revoir Ellésif le lendemain soutint toutefois son courage.

Sa joie n'était point troublée par la
crainte des observations de son grand-
père durant le cours du dîner, car il
n'était pas en état de s'y rendre; mais
comme la fête avait lieu chez la duchesse
de Popoli, son orgueil ne lui permit
pas d'empêcher son petit-fils d'accepter
son invitation.

Lorsque Théodore parut devant lui,
le comte critiqua la simplicité de son
habit, et lui ordonna, de manière à
prouver qu'il voulait être obéi, d'aller
faire une toilette plus magnifique. Théodore, après une douce résistance, céda

à son désir, et reparut l'instant d'après tout couvert de diamants ; déployant extérieurement la plus grande splendeur, et humilié intérieurement de paraître ainsi attacher du prix aux vains ornements des femmes.

— Bien ! très-bien, dit le comte ; je veux toujours que vous paraissiez suivant votre rang, aujourd'hui particulièrement........ Vous allez voir l'héritière d'Altamira ; sachez qu'elle réunit sur sa tête dix-neuf grandesses, et que l'homme qu'elle honorera de son choix... — Ne sera certainement pas un homme aussi ordinaire que moi, dit Théodore en rougissant et se précipitant vers la porte. — Elle a paru vous distinguer, monsieur, dit le comte en élevant la voix ; et mon petit-fils peut prétendre à tout.

Théodore ferma la porte. Il appela ses gens, et, avec une nouvelle source d'inquiétude, s'achemina vers la maison de la duchesse.

CHAPITRE VI.

La princesse des Ursins avait trop de tact pour n'avoir pas deviné, dans les regards de Théodore, lors de leur premier entretien sur le comte de Saint-Étienne, que son cœur avait jadis été intéressé pour une de ses filles. Elle désirait vivement marier sa jeune parente à un Espagnol, et faisait des vœux pour qu'Ellésif eût été préférée : mais l'étonnante beauté d'Anasthasia lui inspirait quelque doute à cet égard.

Dans l'espoir que ses vues s'accompliraient, elle résolut de n'alarmer ni l'un ni l'autre par la moindre observation, mais de faire tout ce qui serait en son pouvoir pour les réunir souvent. Malheureusement elle poussa la pru-

4.   8

dence si loin en s'abstenant de parler de Théodore, qu'elle ne fournit pas à Ellésif l'occasion de lui découvrir son secret, même par sa rougeur.

Elle prévint cependant le comte de Saint-Etienne et sa fille, par un tiers, que Théodore était invité chez la duchesse de Popoli; et le comte, jaloux de juger enfin par lui-même de ce qu'il fallait espérer, résolut de ne pas manquer cette occasion.

Un mois s'était écoulé depuis qu'Ellésif avait pleuré sur la perte de ses attraits; mais le bonheur et l'espérance sont d'habiles médecins. Le miroir d'Ellésif la rassura, et la rendit moins difficile sur le choix des ajustemens. Cependant c'était pour Théodore qu'elle se parait; il fallait qu'il pût le connaître; tout à coup elle se souvint d'une parure d'opales dont il avait souvent fait l'éloge; depuis cette époque elle la portait presque habituellement, et Théodore semblait la remercier par ses re-

gards expressifs, de son aimable attention. Après son inexplicable départ, ce
bijou lui rappelait de trop cruels souvenirs ; elle ne le porta plus, et le ren-
ferma dans l'écrin de sa sœur. Depuis
la mort d'Anasthasia, la sensible Ellésif
n'avait pas osé regarder même cet
écrin ; il fallait un motif bien puissant
pour la déterminer à l'ouvrir. Les yeux
noyés de larmes, elle le prit d'une main
tremblante, l'ouvrit : mais suffoquée
par la douleur, elle allait le refermer
lorsque l'écriture de Théodore frappa
ses regards.

Elle saisit ce papier : .... quel fut son
étonnement et son désespoir ! .... quel
trait de lumière ! .... Théodore aimait
en secret Anasthasia ! .... Aucun nom,
aucune suscription ne pouvait combattre
l'horrible évidence ; .... le respect avait
empêché Théodore d'employer en écrivant le nom familier d'Ellésif si bien
gravé dans son cœur.... Sa mystérieuse
conduite, le silence d'Anasthasia envers

sa sœur, tout s'expliquait maintenant.
— Oh ! que ne me disait-elle ce fatal
secret ! s'écria Ellésif avec sa précipitation ordinaire, et sans chercher même
quelque raison de douter.

Mais comment aurait-elle douté ? tout
ne semblait-il pas confirmer ses soupçons ? Comment Théodore, depuis si
long-temps dans le même lieu qu'elle,
n'avait-il pas surmonté tous les obtacles
pour la voir ?.... Anasthasia n'existait
plus : .... tous ses liens avec la famille
Lauvenheilm étaient rompus ! ....

Cette lettre l'accabla entièrement.
Plus de doute, plus d'espoir! .... Elle n'a-
vait pas même la ressource de craindre !
L'indignation succéda à la douleur.
Elle crut un instant que sa raison l'em-
porterait sur l'amour : mais bientôt le
ressentiment se dissipa, et elle fondit
en larmes. — Je combattrai cette affection, s'écria-t-elle, en tombant à genoux
les mains élevées vers le ciel. Je vous
remercie, ô mon Dieu ! de m'avoir

éclairée :..... mais.... je ne veux plus le
revoir.... non, je ne le reverrai jamais....
Je n'irai point à ce dîner.

Faible, délicate, l'infortunée ne put
résister à la violence de son émotion,
et tomba sans connaissance sur le plancher. Le bruit de sa chute attira son
père qui passait en ce moment près de
sa chambre. Il entra, et l'évanouissement de sa fille lui fut expliqué par la
vue du coffre ouvert posé sur la chaise
près de laquelle elle venait de tomber.
Il supposa qu'en y prenant quelques ornements pour elle, le souvenir d'Anasthasia l'avait mise en cet état. Lui-même
sentit que celle qu'il avait presque ido-
lâtrée vivait toujours dans son cœur, et,
poussant un profond gémissement, il
appela la femme-de-chambre et l'aida
à porter Ellésif sur son lit.

Lorsqu'elle eut repris ses sens, le
comte, occupé de lui prodiguer des
consolations conformes à l'idée dont il
était frappé, ne s'aperçut pas que l'heure

de se rendre chez la duchesse de Popoli
était passée. Il dépêcha ses excuses, qui
arrivèrent à la duchesse long-temps
après la réunion de tous ses hôtes; et
dès qu'il eut vu sa fille assez calme pour
se livrer au sommeil, il se retira pénétré
d'une sombre tristesse.

A dater de ce jour, Ellésif évita avec
soin toutes les occasions de rencontrer
Théodore. Sa fierté et sa délicatesse lui
en faisaient un devoir, pénible à la vérité,
mais indispensable.

Hélas! quoiqu'elle ne le vît pas, elle
entendait sans cesse parler de lui. Les
gens de bien le citaient avec affection,
les hommes éclairés avec admiration,
tous unanimement avec éloges : peu à
peu le regret prit la place du ressentiment, et son père remarqua avec une
pénible surprise, que la vive impression
de douleur attribuée par lui au souvenir
d'Anasthasia, augmentait au lieu de di-
minuer. Il ne tarda pas à soupçonner
que Théodore était l'objet de ses tristes

méditations. On disait dans le monde que Théodore, épris de sa cousine, n'attendait que la mort de son grand-père pour former cette union : le comte était instruit de cette nouvelle ; Ellésif ne l'ignorait pas sans doute, et la cause de sa douleur était expliquée.

Ce bruit effectivement était venu jusqu'à elle, et la détrompait encore sur le caractère de Théodore. S'il avait aimé Anasthasia, comment pouvait-il oublier sa mort si promptement? Combien une telle légèreté était opposée à l'opinion qu'elle s'était formée de son caractère!

Au milieu de ses chagrins, que de fois Ellésif avait désiré épancher son cœur dans le sein d'une tendre mère! comment avouer à un père, sans mourir de honte, qu'elle avait donné son cœur sans qu'il fût sollicité?

Ses combats douloureux et continuels, sa douleur inutilement cachée sous une feinte gaieté, altérèrent visiblement sa santé, et le comte vit qu'il fallait enfin mettre un terme à des épreuves qui compromettaient évidemment le repos et peut-être la vie de sa fille.

La santé même d'Ellésif lui fournit un prétexte pour colorer son départ aux yeux de la princesse, qui fit de vains efforts pour le retenir. Elle exprima des regrets si sincères de leur départ, que le comte fut obligé de lui promettre une visite d'adieu avant de quitter définitivement l'Espagne, qu'il se proposait de parcourir pour distraire sa fille.

Théodore cependant ne se doutait pas du coup qui le menaçait. Accablé de chagrin et de contrariétés, moins retenu maintenant auprès de son grand-père, il parcourait les promenades publiques, les églises, les sociétés où allait Ellésif, et toujours en vain.

D'abord il crut qu'un fâcheux hasard agissait contre lui : mais à la fin, différentes circonstances lui prouvèrent qu'un projet formé s'opposait à ses vœux,

Long-temps il hésita pour le croire ;
mais il ne put résister à l'évidence , et
ne pouvant expliquer la conduite d'Ellésif autrement que par le caprice et
l'inconstance , il ne put se défendre
d'un mouvement d'indignation en songeant à tout ce qu'il avait souffert pour
elle. Dans cette disposition , il entendit
sans effroi son grand-père lui proposer
un mariage.

L'héritière d'Altamira était jeune ,
belle , aimable ; sa simplicité et la vivacité de la jeunesse ne lui permettaient
pas de déguiser ses sentiments , et Théodore , tout modeste qu'il était , ne put
s'empêcher de remarquer qu'elle l'en-
courageait à lui faire un aveu ; mais son
cœur n'était plus libre , et dona Francisca ne lui inspirait qu'une admiration
tranquille ; souvent tout en s'occupant
d'elle pour plaire à son grand-père ,
il réfléchissait à la difficulté de cesser
d'aimer l'objet de son premier attachement. Quelquefois, honteux de sa fai-

blesse, il rougissait presque de sa ridicule contenance pour une ingrate, et
cherchait dans le monde les moyens
d'oublier une passion si fatale à son
repos.

Nulle société ne lui plaisait autant que
celle de sa tante et de ses cousines. Il
aimait la noble franchise de la marquise,
l'égalité de caractère, la douceur d'Isabella ; il se sentait pénétré de la tendre
mélancolie d'Olivia qui s'accordait si
bien avec sa propre situation : hélas! le
modeste Théodore était loin de se croire
l'objet de cette mélancolie que sa présence seule et ses discours avaient le
pouvoir de dissiper : mais les autres,
plus clairvoyants, ne doutaient pas que
les attentions de Théodore pour Olivia,
lorsqu'ils étaient ensemble, ne se ter-
minassent par un mariage. Don Julian
fut le premier qui l'éclaira en lui parlant
du vif intérêt qu'il paraissait prendre à
la famille de la marquise Amézaga.
Théodore, sans hésiter, l'assura qu'il

n'avait pour ses belles cousines que les sentiments d'une tendre amitié.

Eh bien ! reprit don Julian , je vous assure que la famille et ses amis pensent tout autrement ; quant à moi, je suis ravi de ce que vous m'apprenez. Le pétulant Casilio partit en disant ces mots, dont Théodore cherchait vainement la signification.

Il se rappela cette conversation dans la soirée , en retrouvant sa cousine dans un cercle où un jeune étourdi ridiculisait ce qu'on appelle un attachement romanesque. Théodore jeta par hasard les yeux sur Olivia ; il vit sa figure exprimer l'amour le plus tendre ; dans cet instant sa ressemblance avec Ellesif frappa tellement Théodore , qu'il ne put s'empêcher sans doute de laisser lire dans ses regards ce qui se passait dans son cœur. Olivia rougit , baissa ses beaux yeux , et Théodore embarrassé , confus de la laisser un moment dans l'erreur, sentit l'impérieuse nécessité de faire connaître franchement la situation de son cœur.

Quelques instants après, on parla du mariage du premier amant de dona Olivia, dont la physionomie n'exprima ni regret ni dépit. Théodore fut alors convaincu que d'Harcourt n'était point l'objet de ses tendres rêveries ; et prétextant un motif pour se retirer, il revint chez lui inquiet et tourmenté.

A son retour il trouva son grand-père qui se préparait à partir pour Madrid. La cour allait y demeurer pendant l'hiver, que le voisinage des Pyrénées rendait dangereux pour l'état de la reine.

Le soir même, Théodore avait entendu dire que le comte de Saint-Etienne allait voyager ; le lieu de sa résidence lui devenait donc tout-à-fait indifférent.

— Vous suivrai-je ? monseigneur, demanda Théodore.

— Non, monsieur. Je vous laisse des affaires à terminer qui vous retiendront quelques jours. Vous me joindrez lors-

que la comtesse Altamira partira, car
je veux que vous sollicitiez l'honneur de
l'escorter.

Théodore, à qui l'on venait de remettre une lettre de Dofrestom, et qui
sortait fort empressé de la lire, s'arrêta
au milieu du salon, et se retourna vers
son grand-père d'un air triste et étonné.

— Que veut dire ce regard , don
Théodore ? vous n'imaginez pas sans
doute que je vous permette de laisser la
noble maison de Roncezvalles sans héritier ? J'ai choisi dona Francisca de Salazar pour votre femme, et sa famille
est disposée à accepter vos propositions.

— Mes propositions, monseigneur !...
mais j'ai à peine vu cette dame ;.... je
ne lui ai parlé que dans un cercle nombreux ;.... mes affections se forment
lentement, ..., et....

Le comte, d'un ton sévère, lui imposa silence, et lui répéta de nouveau
ses ordres.

Théodore se contenta pour le moment de faire observer au comte qu'il était peu délicat de parler de son alliance à une jeune dame qui probablement ne s'y sentait pas plus disposée que lui.

— Avez-vous quelque objection personnelle à faire à dona Francisca, monsieur?

— Aucune, monseigneur.

— Eh bien, monsieur, je vous donne un mois pour devenir amoureux d'elle, puisque l'amour est si nécessaire à votre cœur efféminé ; après cela j'exige la plus entière soumission, ou nous nous séparons pour toujours.

Théodore obéit avec joie au signe que lui fit le comte de se retirer, et courut dans son appartement lire la lettre de Dofrestom. Avec quel plaisir il apprit que ce vénérable ami, Catherine et le petit Heinreich attendaient avec impatience à Fontarabie des instructions sur la direction qu'ils devaient suivre !

La joie bannit maintenant toute autre

pensée. Dans l'impossibilité absolue où il se trouvait d'aller au-devant de ses bons amis, il dépêcha sur-le-champ, quoi-qu'il fût plus de minuit, un de ses plus fidèles serviteurs, avec l'ordre de con-duire les voyageurs aussi promptement et aussi commodément que possible à la Mirador.

Théodore ne dormit pas de toute la nuit. Il jouissait par avance du bonheur de revoir ces êtres chéris, et regardait le départ du comte comme un bienfait de la Providence. Le lendemain matin il éprouva une inexprimable satisfac-tion à voir les nombreux équipages de son grand-père prendre la route de Madrid.

Après deux jours d'une insuppor-table longueur, Théodore embrassa son père adoptif, sa bonne Catherine, et le fils de Heinreich.

Les habits de deuil des voyageurs mêlaient la douleur à la joie de Théodore, qui, versant des larmes en silence, pressa

plusieurs fois contre son cœur le jeune
Heinreich avec une tendresse qui parut
charmer le bon vieillard. — Toujours le
même !..... mon enfant, mon Théodore....! s'écria Dofrestom en pressant
ses mains dans les siennes. Mes mains
tremblent d'émotion et non de faiblesse,
ajouta-t-il, en voyant Théodore le regarder avec une tendre inquiétude ;....
j'ai encore bien des années à vivre ; j'espère..... heureuses années, si elles sont
passées près de toi !

Et tout ceci vous appartient ! s'écria
Catherine regardant autour d'elle ; que
Dieu soit béni !.... j'avais toujours pensé
que vous parviendriez aux honneurs,
car vous les méritez.

Théodore les fit asseoir près de lui,
et leur expliqua la situation de sa terre.
Il décrivit la maison qu'il avait préparée
pour eux, et les pria de lui dire s'ils se
trouveraient heureux dans cette retraite,
jusqu'à ce que les circonstances lui per-
missent de leur donner le choix d'une

résidence. Tout ce qu'il avait fait, tout
ce qu'il proposait, recevait un sourire
d'approbation de ses amis occupés seulement du bonheur de le revoir. Deux
ou trois fois Catherine commença les
détails de la dernière maladie d'Heinreich : mais Dofrestom, avec douceur,
observa qu'au lieu de revenir sur les
douleurs passées, il fallait rendre grâce
au Tout-Puissant de la félicité présente.

Soin vraiment filial, attention délicate de la tendresse, expression de
la reconnaissance, rien ne fut épargné
par le sensible Théodore pour prouver
son attachement, son respect pour le
protecteur de son enfance. Il jouissait
avec délices de pouvoir enfin reconnaître
ses bienfaits : s'il est sur la terre un
bonheur sans mélange, c'est celui-là.

Théodore ne pensait ni à l'héritière
d'Altamira, ni à sa cousine Olivia, à
peine même à Ellésif. Après avoir fini
l'affaire dont l'avait chargé le comte,
il conduisit lui-même ses amis en Ara-

gon , ne voulant pas , par crainte de lui
déplaire , manquer à un devoir sacré.

Dofrestom sachant assez de français
pour une conversation ordinaire , Théodore eut le soin de pourvoir sa petite
maison de domestiques français ou espagnols qui savaient cette langue.

En arrivant à La Torre , ils furent
charmés de leur résidence , et bien
étonnés de la voir meublée comme leur
maisonnette de Norvège. Cette ressemblance et le voisinage des Pyrénées leur
firent croire un moment qu'ils n'avai nt
pas quitté leur terre natale.

Après avoir passé quelques jours à
La Torre , pour les familiariser avec
leur demeure , Théodore , bien contre
son gré, s'arracha d'un lieu où son cœur
semblait retrouver ses jours d'innocence
et de joie, et se dirigea vers Madrid , où
il allait voir la vieillesse sous un aspect
bien différent , la vieillesse privée des
attributs de ses cheveux blancs , ... la
sagesse et la bonté.

Il trouva la famille royale établie au Retiro, et apprit avec plaisir que sa sœur venait de partir avec son mari pour Turin.

Le comte de Roncezvalles reçut froidement Théodore, ne dit pas un mot de doña Francisca, mais affecta de le mener continuellement dans les sociétés qu'elle fréquentait, et de rendre lui-même des soins publics à sa famille. Théodore, forcé d'agir extérieurement contre son gré, ne montra qu'une politesse extrême, mais froide dans ses communications avec la famille Altamira, à laquelle il voulait prouver par sa conduite que son grand-père seul avait formé le projet : quant à la jeune duchesse, il était rassuré sur son bonheur futur par son extrême jeunesse et la vivacité de son caractère. Sa cousine Olivia ne lui inspirait pas la même sécurité, car il ne lui était plus possible de s'aveugler plus long-temps sur ses sentiments et sur les espérances de son excellente

mère. Véritablement affligé, il cherchait à les éviter : mais la marquise
Amézaga, placée près de la reine,
venait avec ses filles plus fréquemment
que jamais dans les mêmes cercles que
lui.

Théodore, ne pouvant plus supporter
sa pénible incertitude, résolut enfin de
demander à la princesse des Ursins les
informations qu'elle seule pouvait lui
donner. Dans ce dessein, il se rendit
chez elle un matin avec l'espoir de la
trouver seule : mais la foule assiégeait
déjà son salon, et parmi les visites, il
remarqua sa tante et ses cousines. Heureusement la princesse, dès qu'elle le
vit, s'avança vers lui et lui offrit l'occasion qu'il cherchait. A peine lui eut-il
fait les compliments d'usage, qu'en hésitant, il la pria de lu dire s'il était vrai
que ses parents retournassent en France,
et qu'ils ne dussent plus revenir ?

La réponse de madame des Ursins le
surprit et le blessa. « Puisque vous me

mettez sur ce sujet, lui dit-elle d'un ton triste et peiné, vous en subirez la punition. Je peux maintenant vous avouer que j'avais fort à cœur de rétablir entre le comte et vous votre première liaison; je l'ai toujours trouvé bien disposé pour vous, et prêt à convenir loyalement qu'il fut seul coupable dans votre différend; quant à vous, don Théodore, vous m'en parlez aujourd'hui pour la première fois, et je ne connais pas vos dispositions : mais je serais tentée de croire que vous avez quelques torts à vous reprocher envers mademoiselle de Saint-Etienne, car elle me dit, avant son départ, qu'elle préférait ne pas vous revoir. »

Madame des Ursins n'ajouta pas qu'elle avait arraché cet indiscret aveu à Ellésif, en lui témoignant le désir de l'unir à l'héritier de Roncezvalles; elle ne laissa pas entrevoir non plus qu'elle répétait ses paroles à Théodore dans l'espoir secret qu'il témoignerait le désir de vaincre

l'éloignement d'Ellésif , éloignement
qui, suivant l'opinion de la princesse ,
n'avait pas d'autre cause que les bruits
du mariage de Théodore avec la duchesse Altamira.

Théodore fit une exclamation involontaire en apprenant la cruauté d'Ellésif ,
et la princesse, feignant de ne pas s'apercevoir de son émotion, le quitta pour
recevoir les visites qui arrivaient.

Théodore resta où elle l'avait laissé ;
tourmenté, étonné, récapitulant toute
sa conduite ; il aurait entièrement oublié
le cercle qui l'entourait, si sa tante et
ses cousines ne s'étaient approchées de
lui. Il reçut leur gracieux salut avec autant de calme qu'il put en affecter ; mais
après les premiers mots, il prouva, par
sa manière de répondre et ses fréquentes
distractions, qu'un objet important occupait toutes ses pensées.

La marquise ne voyant personne auprès d'eux, et ne sachant que penser de
son extrême embarras, voulant enfin

connaître les sentiments de Théodore, lui dit à voix basse : — Mon cher neveu, devons-nous croire le bruit généralement répandu, que vous allez épouser l'héritière d'Altamira ?

— Non, madame, c'est une erreur, reprit Théodore en baissant les yeux ; et ne voulant pas perdre une occasion favorable de désabuser Olivia, il ajouta en pâlissant : « Je ne me marierai jamais.... Je peux avouer à ma tante et à mes cousines que j'ai aimé.... une fois.... malheureusement, et que j'ai renoncé pour jamais à l'amour. »

Il n'eut pas plus tôt dit ces mots, qu'il se reprocha leur dureté. Dona Olivia tressaillit, abaissa son voile sur ses yeux, s'éloigna de quelques pas ; puis tout à coup voulant saisir le bras de sa sœur pour se soutenir, et ne pouvant l'atteindre ; elle tomba sans connaissance sur le plancher.

Rien de plus cruel que la position de Théodore. Le regard affligé de la mère

en courant au secours de sa fille, lui fit
des reproches qu'il sentait ne pas mé-
riter, mais que, dans le fait, elle devait se croire en droit de lui adresser.
Il s'empressa de secourir sa cousine qui
revint bientôt à elle. Elle détourna la
tête en apercevant son cousin, rejeta
son accident sur des héliotropes placés
dans le salon, et sortit appuyée sur le
bras de sa sœur, et accompagnée par
les marques d'intérêt de la princesse des
Ursins et de tout son cercle.

Théodore prit promptement congé,
et se rendit dans une promenade solitaire pour réfléchir en liberté. Jamais
encore il n'avait cru que le bonheur
d'un autre dépendît entièrement de lui.
L'amour assurément ne se mêlait pas à
son chagrin actuel ; mais la pitié, l'affection et l'estime plaidaient si fortement pour sa cousine, qu'il regrettait
presque d'avoir répondu d'une manière
si positive. D'ailleurs n'était - il pas
prouvé maintenant qu'Ellésif ne l'avait

jamais aimé? Fallait-il, pour la légèreté
où la perfidie d'un autre, vouer sa cousine et lui-même au malheur? — Hélas!
je ne dois plus penser à vivre pour moi,
s'écria-t-il tristement; mais si je puis
faire encore le bonheur de quelqu'un,
je serai moins malheureux!

Ce généreux dessein s'évanouit promptement; Théodore se rappela la haine
de son grand-père pour tout ce qui portait le nom de Montellano, et revint à
la maison, bien agité par les événements
du matin.

Jamais la patience et la soumission de
Théodore n'avaient été mises à une aussi
rude épreuve. Le comte, de très-mau-
vaise humeur, ne rompait le silence que
pour parler avec amertume des amis
norvégiens de Théodore. Il désignait le
vénérable Dofrestom comme un vieux
paysan extravagant, d'avoir quitté son
pays pour un climat et un peuple si différents.

4.   9

Il se permit ensuite les observations les plus injurieuses sur le comte de Saint-Etienne ; il se moqua de la prétention qu'il avait de marier sa fille à un Grand-d'Espagne, et remarquant l'indignation peinte sur la figure de Théodore : Peut-être, ajouta-t-il, ai-je découvert la raison qui vous inspire de l'éloignement pour doña Francisca de Salazar ; peut-être un jour oserez-vous, monsieur, me demander la permission d'épouser cette demoiselle de Saint-Etienne. — Votre excellence peut juger de la probabilité de cette supposition : je ne l'ai pas vue une seule fois depuis qu'elle est en Espagne !

Quoique ces mots fussent dits avec la plus grande agitation, la sincérité de Théodore leur donnait une telle force, que les soupçons du comte furent détruits à l'instant.

— Eh bien ! monsieur, ce n'est donc qu'un insolent caprice qui vous fait hésiter ?...., Je vous ai accordé un mois : il expire dans trois jours; songez-y, et tremblez des conséquences d'un refus.

Le comte appela ses gens pour le suivre à son oratoire, et laissa Théodore dans une tristesse d'âme difficile à décrire. En effet, il prévoyait l'horrible colère du comte, la censure publique, le mécontentement même des souverains, puisqu'il n'avait pas d'engagements antérieurs à alléguer pour justifier le refus d'épouser une personne charmante, et d'un rang à satisfaire les plus ambitieux: cependant rien de tout cela n'ébranlait sa résolution. Après ce qui s'était passé le matin chez la princesse des Ursins, Théodore sentait qu'en cessant d'aimer Ellésif, il ne pouvait aimer qu'Olivia, et que cette union irriterait son grand-père plus que tout le reste.... Comment sortir de cette position difficile? Théodore passa la nuit entière à s'en occuper, et n'en trouva pas le moyen.

CHAPITRE VII.

L E lendemain matin un des gens du comte entra brusquement pour lui annoncer que son grand-père venait d'éprouver une nouvelle attaque d'apoplexie.

Théodore aussitôt courut auprès de lui. Il y trouva le médecin ordinaire qui en avait fait appeler deux de la famille royale.

Déjà la mort avait saisi sa victime : tous les secours furent inutilement prodigués, le comte n'existait plus quand Théodore entra dans son appartement.

Plus effrayé qu'affligé, il sentit le besoin de quelques instants de solitude.

Les restes du comte de Roncezvalles étaient encore exposés lorsque l'affli-

geante nouvelle de la mort du dauphin
et de la dauphine de France apportèrent
le deuil à la cour d'Espagne. Théodore
ne fut donc point détourné des nombreuses occupations dont il était maintenant chargé.

Le comte, malgré ses richesses, laissait des affaires très-dérangées ; Théodore, animé par l'honneur et la justice,
prit les moyens les plus prompts pour
satisfaire tous les créanciers sans recou-
rir à des emprunts ruineux. La plus sévère économie dans ce qui le concernait
personnellement devint la base de son
système.

Son premier soin fut d'augmenter la
part de sa sœur, et d'assurer les pen-
sions des gens ; ensuite, satisfait d'augmenter son revenu par la suppression
de tout luxe superflu, il diminua le
nombre des valets inutiles dont son
grand-père, par ostentation, avait rem-
pli sa maison.

La première époque du deuil lui permettait de se tenir quelque temps à l'écart de la famille d'Altamira ; mais enfin, quand il reparaîtrait dans le monde, il faudrait aborder cette pénible affaire. Il se détermina donc à demander conseil à sa tante, et à profiter de cette occasion pour s'expliquer franchement avec elle.

Théodore, courbé quelques jours auparavant sous le joug despotique de son aïeul, se trouvait maintenant aussi embarrassé de sa liberté, qu'il était fatigué de son précédent esclavage. A quoi lui servait en effet cette liberté, puisque tout espoir de posséder Ellésif était perdu? Sans se flatter de voir changer son sort, Théodore tourna tristement les yeux vers ce qui pouvait désormais lui offrir quelques moments de joie, l'amitié et le pouvoir de faire du bien.

Les chers objets de son affection, ses bons amis de Norvège s'offrirent en cet instant à sa pensée. Il voulut leur causer une agréable surprise par l'envoi de son portrait. Il passa chez un peintre récemment arrivé de Paris ; et prit jour avec lui pour la première séance.

Voulant se faire peindre sous son ancien costume norvégien, il en fit une description exacte à l'artiste, et lui indiqua avec tant de goût les moyens d'en tirer un parti pittoresque, que le peintre charmé, lui dit en le conduisant dans une autre pièce : D'après vos observations judicieuses, Monseigneur, je pense que vous verrez avec quelque plaisir une collection de portraits copiés dans différentes galeries ; quelques têtes sont remarquables par une extrême beauté ; d'autres seulement par le talent du peintre : mais j'en ai un qui, certainement, offre des traits, une expression et un coloris plus agréable que tous les autres ; c'est la copie d'un portrait qui était à l'hôtel de Noirmoutiers. Dans ce moment on demanda le peintre, qui sortit en priant Théodore de l'excuser s'il le laissait seul un moment.

Quelle fut sa surprise en se trouvant
vis-à-vis du portrait d'Ellésif, telle
qu'elle était dans l'original exécuté à
Copenhague par ordre du comte de
Lauvenheilm? Ses yeux, fixés sur lui
avec tendresse, semblaient lui répéter
encore ce qu'ils lui avaient si souvent
exprimé pendant leur séjour en Norvège. Tout à coup Théodore se figura
qu'il les voyait se baisser avec confusion vers la terre. Il ne fut plus le maître de combattre de si vives émotions,
et s'élançant vers le portrait : Ellésif,
s'écria-t-il d'une voix entrecoupée par
les soupirs, mon Ellésif!.... C'est ainsi
que je devrais t'appeler;...... une fois
j'osai le penser..... Mais hélas! tu m'as
cruellement détrompé!... Cependant tu
me seras toujours chère..... plus chère
que la vie!

En disant ces mots, il pressa le portrait contre ses lèvres avec une tendresse
passionnée, et fondit en larmes. Honteux de cet instant de délire et de fai-

blesse, et craignant les témoins, il sortit précipitamment, rentra chez lui, où il resta long-temps absorbé dans ses ré-flexions.

Ce petit événement fit sentir à Théodore qu'il adorait toujours Ellésif. Si la vue de son portrait pouvait détruire toutes ses sages résolutions, que serait-ce donc s'il la voyait? A quels malheurs ne s'exposerait-il pas s'il devenait l'époux d'une autre! Cette réflexion fit cesser son irrésolution; et deux jours après sa visite chez le peintre, il se rendit auprès de la marquise Amézaga.

Ce premier témoignage de respect pour la famille de sa mère apporta quelques soulagements aux chagrins de la marquise. Pour le rassurer sur les sentiments qu'il pouvait supposer à sa fille, ainsi qu'à elle-même, elle s'empressa de lui annoncer qu'Olivia était allée passer quelque temps chez un de ses oncles près d'Oviédo.

Théodore expliqua alors à sa tante son

9.

extraordinaire conduite avec Olivia, et quelque pénible que lui fût cet aveu, il ne lui laissa rien ignorer de ses rapports avec Ellésif. Son excellente tante l'écoutait avec la plus grande attention. Son intérêt croissait à chaque instant, et lorsqu'il eut achevé son récit, elle mit son mouchoir sur ses yeux pour cacher ses larmes. C'étaient des larmes de regret pour sa fille, mais sans aucun ressentiment contre son neveu. Elle apprécia sa délicatesse, et sentit qu'il lui était plus cher que jamais. Peut-être la faible espérance que Théodore finirait par donner son cœur à la tendre Olivia, calma l'inquiétude naturelle de la marquise. Elle avait remarqué aussi sa ressemblance avec Ellésif, et se rappelait en ce moment mille petites circonstances qui attestaient la véracité de Théodore. Sur ce sujet, elle ne pouvait montrer que de la sensibilité ; mais sur dona Francisca de Salazar, elle avait des conseils à donner.

La marquise pensait que la famille

Altamira, fort mécontente du peu d'empressement de Théodore depuis la mort du comte, se presserait sans doute de rompre la première. — Je vous conseille, lui dit-elle, d'attendre l'événement, et de sacrifier votre amour-propre, plutôt que de blesser celui d'une jeune personne sans expérience. Vous passerez pour un homme refusé ; vous augmenterez le nombre de ceux que l'orgueilleuse famille d'Altamira aura éloignés ; mais personne n'y songera deux jours après. Si le refus venait de vous, la pauvre dona Francisca éprouverait une mortification dont elle serait long-temps peut-être à se consoler, sans compter le regret que lui causera votre perte.

Théodore rougit, baisa respectueusement la main de sa tante, et la quitta, charmé d'avoir soulagé son cœur, et de conserver l'amitié de cette aimable femme.

Ce que la marquise avait prévu arriva. La famille d'Altamira, n'entendant point parler de Théodore après les premières semaines du deuil, lui fit signifier son refus par le tuteur de dona Francisca.

Théodore reçut son congé en silence, et peu sensible aux légères mortifications que pourrait lui attirer cette aventure, regretta seulement qu'Ellésif n'en fût pas instruite.

Impatient de quitter Madrid et d'aller chercher à la Torre de la Marboré les consolations de l'amitié, Théodore demanda une audience au roi pour lui remettre les différents ordres de son grand-père. Le roi daigna lui en conférer quelques-uns, et lui témoigna le gracieux désir de le revoir bientôt.

Il emporta avec lui son portrait, mais il se promit de ne point parler de celui qu'il avait vu, et des amers regrets qu'il avait renouvelés.

Le mois de mai commençait quand il se mit en route. En approchant de la Marboré, il aperçut le vénérable Dofrestom s'entretenant avec un berger au bord d'un ruisseau qui serpentait à travers la prairie; le jeune Heinreich, couché sur la verdure, folâtrait avec les agneaux.

Théodore descendit précipitamment de sa mule, donna ordre à ses gens de se rendre au château, et s'avança seul à travers la prairie. D'aussi loin qu'on l'aperçut, le vénérable vieillard fit courir son petit-fils à sa rencontre, et s'avança lui-même aussi rapidement que le lui permettait son âge. Théodore fut ravi de la fermeté de sa marche, et de son air de santé; le bonheur de revoir l'enfant de son adoption semblait le rajeunir. Le jeune Heinreich sauta dans les bras de Théodore avec des transports de joie naïve qui touchèrent vivement son cœur. Bientôt il oublia son chagrin en se félicitant du bonheur qu'il répandait sur ces objets intéressans.

Dofrestom, connaissant le caractère du dernier comte, n'offrit point de vaines consolations de sa perte; mais il ex-

prima l'espoir de voir maintenant plus
souvent et plus librement leur enfant
bien aimé, et le pressa de visiter sa
demeure, où ils trouvèrent Catherine
aussi bien portante, aussi contente que
son frère. Après avoir donné quelques
instants à la laiterie et au jardin, Théodore céda à son impatience de parcourir l'enclos et la maison.

Chaque pas lui rappelait Aardal. Catherine avait ajouté différents petits souvenirs de son enfance à l'ameublement
des chambres; et quoique ces objets
fussent grossièrement faits et de peu
d'utilité, ils plaisaient à Théodore par
les souvenirs qu'ils rappelaient.

Dofrestom, après avoir tout montré,
lui parla de ses amusemens et de ses
occupations. Elles consistaient à apprendre au petit Heinreich son rudiment, et
à faire des visites aux frères d'un monas-
tère voisin, dont la piété douce l'aidait
à perdre le souvenir des douleurs passées. Catherine, dont le caractère plus

vif cherchait l'occupation, se chargeait des soins du ménage, et se souciait peu de la société; son frère et l'enfant lui suffisaient. Elle avait amené une jeune fille d'Aardal pour la servir, et ne trouvait point de nécessité à apprendre la langue espagnole. Le désir de dominer était une des faiblesses de Catherine; elle jouissait secrètement de la déférence que tous les paysans des environs montraient pour elle et Dofrestom. Leur maître avait exigé du respect pour ses amis, et sa présence venait maintenant augmenter et assurer l'importance de Catherine.

Les premiers jours de l'arrivée de Théodore furent consacrés aux affaires; ensuite il se livra au plaisir d'être libre. La bibliothèque de son père remplissait ses heures de solitude; et le soir, assis au pied d'un arbre, il causait avec ses amis.

Catherine parlait quelquefois des raisons qui avaient fait disparaître le comte de Lauvenheilm d'Ager - Huus, et ne dissimulait point son ressentiment sur la manière dont il s'était conduit avec leur enfant adoptif. Théodore cherchait avec douceur à modérer son courroux, à détourner la conversation, et Dofrestom s'apercevait que l'impression de la comtesse Ellésif n'était pas effacée.

La constance étonne ceux à qui les plaisirs offrent une compensation du bonheur, ceux qui ont appris dans le monde combien il est aisé d'oublier : elle ne surprend jamais les enfants de la nature ; aussi Dofrestom plaignait-il sincèrement Théodore, mais ne le blâmait pas.

Pendant la vie de son grand-père, Théodore écrivait souvent à son ami, M. Coperstad, et plus d'une fois lui avait témoigné sa reconnaissance par de magnifiques présents. Libre maintenant de suivre tous les mouvements de son cœur, il l'invita d'une manière pressante à passer en Espagne, aplanissant tous les obstacles qui pourraient s'opposer à ce voyage. Il passait légèrement dans sa lettre sur ce qui regardait le comte de Lauvenheilm ; mais il en parlait de manière à augmenter l'intérêt de son ami pour leur premier protecteur. Cette précaution n'était pas nécessaire : M. Coperstad avait revu le jeune Frédenheim son neveu, le guide du comte pendant sa fuite. Tous ses récits lui avaient prouvé le sincère repentir de l'illustre proscrit, et son estime constante pour Théodore. Il l'avait mandé à celui-ci, et sa lettre arriva le lendemain du jour où la princesse des Ursins lui annonça qu'Ellésif ne voulait plus le voir.

Le comte de Lauvenheilm paraissait étranger à cette résolution, et tout se réunissait pour prouver à Théodore la nécessité d'oublier une ingrate.

Après deux mois de séjour à la Torre, Théodore fut obligé d'aller à la Mirador. Il emmena Dofrestom avec lui sous prétexte de le consulter sur différentes choses relatives à l'agriculture, mais dans le fait pour lui donner le choix de sa résidence. Dofrestom devina cette généreuse intention; et bien décidé à ne point changer sa jolie demeure, même contre un palais, il accompagna Théodore pour jouir quelques instants de plus de sa société.

Pendant son séjour à la Mirador, Théodore reçut une invitation aux noces d'une de ses parentes, sœur du marquis de Montanéjos. Empressé de témoigner son attachement à sa famille, il accepta, et se sépara de son vénérable ami.

Après les plus tendres adieux et la promesse de se rejoindre bientôt, Dofrestom retourna en Aragon, et Théodore, en s'arrachant malgré lui à son doux repos, prit la route de Madrid.

CHAPITRE VIII.

Durant cet espace de temps si plein d'événements pour Théodore , Ellésif et son père continuaient doucement leur voyage en Espagne. La beauté du pays, les restes intéressants des constructions romaines , les monuments gothiques et les palais mauresques firent une agréable diversion aux chagrins d'Ellésif, et, pour un moment, éloignèrent de sa pensée l'objet qui l'occupait sans cesse. Tandis que son pinceau retraçait l'effet passager de la lumière sur un paysage romantique, ou que son crayon ébauchait l'architecture de quelques belles ruines noircies par le temps et le lierre, son père se plaisait à faire revivre le souvenir effacé des événements histori-

ques liés aux belles antiquités qu'ils
voyaient. Ses éloquentes narrations peu-
plaient alternativement ces vastes plaines et ces grands édifices des guerriers
païens, chrétiens et mahométans, qui
avaient combattu pour leur possession; il
traçait une analyse rapide des siècles
fameux dans les fastes de l'Espagne, assi-
gnant les causes de sa grandeur et de sa dé-
cadence; devinant, expliquant les mystères ténébreux de la plus profonde politique; puis, passant des événements
aux caractères, de l'étude des individus
à l'observation de l'homme en général,
il lui démontrait que sous tous les cli-
mats, sous tous les gouvernements, il est
toujours le même, quoique différemment
modifié par les circonstances.

C'est ainsi que le comte cherchait à
distraire sa douleur et celle de sa fille
chérie. Avec quelle amertume il pensait
souvent que, sans ses torts et sa funeste
ambition, elle serait la plus heureuse
des femmes! Ellésif combattait contre

la même douleur secrète, mais elle ne combattait qu'en présence de son père; en son absence, tout son courage l'abandonnait. La lettre de Théodore, en détruisant tout à coup ses plus chères espérances, avait entièrement abattu son âme. Cette fatale lettre, scrupuleusement gardée et souvent relue, renouvelait son désespoir. Le présent dont elle parlait n'était pas spécifié; mais elle se rappelait l'admiration d'Anasthasia pour un bracelet de turquoise trouvé dans la cassette de dona Aurélia : c'en était assez pour ne pas admettre un doute.

La santé de la malheureuse Ellésif s'altérait chaque jour davantage; le comte, tremblant pour des jours si précieux, s'arrêta quelque temps à Buzot, dont il croyait les eaux salutaires à sa fille. Ce séjour prolongea leur absence bien au delà de leurs premiers projets; et ce ne fut que vers le milieu de septembre, sept mois après le départ

de Corella, qu'ils remplirent la promesse faite à la princesse des Ursins de
la voir en retournant en France.

Ils apprirent en route la mort du comte
de Roncezvalles : alors, pensa Ellésif,
si tout ce que l'on a dit est vrai, l'heureuse Olivia va recevoir l'offre de sa
main.

La cour habitait alors à Aranjuès, et
le comte de Roncezvalles s'y trouvait. La
princesse des Ursins logea ses hôtes près
d'elle dans le palais, et les pressa de
rester quelque temps encore en Espagne; mais le comte et sa fille, fatigués
du monde et du bruit, soupiraient après
leur solitude, et ne voulurent promettre
à la princesse que deux ou trois jours.

A cette époque, l'heureuse situation
des affaires publiques, et l'arrivée d'un
ambassadeur anglais, fournirent à la
princesse un prétexte pour engager le
roi à donner quelque fête. Il fut décidé
qu'une comédie, exécutée par les dames
de la reine, serait suivie d'un bal.

Ellésif ne se souciait point d'y paraître, dans la crainte de rencontrer le jeune comte de Roncezvalles ; mais son cousin La Trémouille ayant dit qu'il l'avait rencontré quatre jours auparavant sur la route de Navarre, elle céda aux instances de la marquise de Bonnac, femme de l'ambassadeur de France, et l'accompagna dans sa loge ; son père promit de la joindre avant la fin du spectacle.

Leur loge était en face de la scène ; mais Ellésif laissa le rideau fermé de son côté pour échapper aux regards d'une grande partie des spectateurs.

Pendant l'ouverture, elle entendit assez près d'elle la conversation suivante entre le marquis de Bonnac et un chevalier de Malte :

« — N'est-ce pas le comte de Roncezvalles que je vois là bas ? demanda le marquis. — Oui ; ne trouvez - vous pas qu'il a bien l'air d'un amant congédié ? — Que voulez - vous dire ? —

Votre excellence ignore-t-elle donc que son mariage avec l'héritière d'Altamira est rompu ? — J'avais refusé de le croire ; il me paraissait impossible qu'un tuteur de bon sens pût refuser un tel mariage pour sa pupille. — Eh bien, dona Francisca et son tuteur ont pensé autrement ; j'étais présent quand le duc écrivit sa lettre de refus : voilà mon autorité. — C'est une chose inconcevable ; maintenant je suppose que le jeune comte épousera sa cousine. — Qu'il se presse donc alors, autrement la belle succombera victime de sa passion romanesque. Il s'est fort mal conduit avec elle, je le sais positivement ; tour à tour attentif, léger, indiscret, il s'est plu à faire naître un amour qu'il ne partageait pas ; entre nous, je le crois aussi ridiculement coquet qu'une femme. »

Ces derniers mots furent entendus par la marquise de Bonnac ; ils amenèrent une discussion sur le caractère des hommes. Ellésif, rougissant et pâlissant

tour à tour, écoutait en silence. Combien elle regrettait d'être venue dans un
lieu où elle pouvait voir Théodore et
entendre parler de lui ! Une heure auparavant, elle croyait que sa douleur
ne pouvait être augmentée que par la
certitude de son prochain mariage : mais
ce qu'elle venait d'entendre ajoutait encore aux tourmentes de son cœur.

Quelle mortification ! quel désespoir !.... ce n'était pas assez qu'elle dût
quitter l'Espagne avec l'assurance d'être
à jamais étrangère à Théodore ;.... ce
n'était pas assez d'avoir découvert qu'il
n'avait montré une préférence pour elle
qu'afin de mieux voiler sa passion pour
sa sœur ;.... ce n'était pas assez d'apprendre qu'il était attaché à une autre,
et sur le point de sceller cet arrangement par des vœux solennels : .... il fallait encore le voir rejeter par une enfant, pour ainsi dire, tandis qu'une autre
aussi sensible, aussi constante qu'elle-

4.   10

même peut-être , allait périr victime d'une perfidie.

Livrée à ses tristes pensées , Ellésif, cachée derrière le rideau , jeta involontairement son regard sur la salle , et vit près du théâtre un jeune Espagnol debout , dans une attitude pensive et mélancolique , et paraissant étranger à tout ce qui se passait autour de lui.

C'était Théodore ! songeant tristement qu'à une pareille fête il avait vu pour la première fois celle qui maintenant le regardait sans en être remarquée ! Quelques instants les yeux d'Ellésif se fixèrent avec ravissement sur ces traits si nobles , sur cette physionomie si douce, si touchante;.... puis se rappelant tout à coup la conversation qu'elle venait d'entendre , elle ferma le rideau , et se plaça dans le fond de la loge.

Théodore, ne se doutant pas qu'il était si près d'Ellésif, regardait autour

de la salle, cherchant des yeux son ami
Gaston, qui lui avait promis de venir
le joindre. Le chevalier était arrivé la
veille d'Angleterre. Sa mission particu-
lière ayant cessé d'être utile, on l'avait
attaché à l'ambassade britannique. Un
exprès du chevalier avait atteint Théodore sur la route de la Mirador, d'où
il était revenu quelques heures avant la
représentation actuelle.

Comme ils ignoraient tous deux le
retour du comte de Saint-Etienne, Gaston vint joindre son ami avec toute sa
gaieté et sa pétulance ordinaire. Ah!
mon ami, dit-il en l'abordant, c'en est
fait de ma liberté, je le crains!.... Vous
riez?... Ecoutez-moi.

« Hier, je me promenais vers le soir
au Prado; en passant, je touche par
hasard la mante d'une jeune personne.
Elle tourne vers moi des yeux..... ah!
mon ami,.... des yeux enchanteurs; les
baisse aussitôt en rougissant, et dispa-
raît..... Mon heure est venue, Guévara,

et si jamais je perds ma gaieté... — Chût, répliqua Théodore ; on commence. Le pétulant chevalier tint peu de compte de cet avertissement, et d'un bout à l'autre de la pièce ne cessa de rire et de critiquer au grand mécontentement de quelques-uns, à l'amusement du plus grand nombre. La toile baissée, il voulut sortir, et aperçut derrière lui la beauté du Prado ; une exclamation de surprise et de joie lui échappa, et Théodore ne fut pas moins étonné que lui en reconnaissant sa cousine Isabella, à laquelle il se hâta de présenter le chevalier comme son meilleur ami.

La rougeur de dona Isabella, et son modeste embarras, prouvèrent à Théodore qu'elle avait remarqué la veille l'admiration de Gaston. Il les engagea à rester pour le feu d'artifice qui devait suivre le spectacle ; et promettant de les rejoindre, il les quitta pour donner le bras à une dame âgée, qu'il vit embarrassée par la foule et séparée de ses gens.

Ellésif, ignorant ce qui se passait si-près de sa loge, soupirait après la fin d'un spectacle dont elle n'avait rien vu ni entendu, et aperçut avec le plus grand plaisir son père, dont elle saisit le bras avec empressement pour sortir.

Ils avaient deux cours à traverser pour se rendre dans leur appartement; mais en entrant dans une galerie garnie de personnes qui attendaient leurs équipages, Ellésif aperçut Théodore au bout de cette galerie, découvert, et conduisant respectueusement une dame âgée vers sa chaise à porteurs.

Un moment lui suffit pour récapituler tous ses griefs, tout ce qu'elle venait d'entendre; l'indignation lui tint lieu de courage, et lui donna la force de s'avan-cer d'un pas ferme et d'un air fier.

Dans ce moment, combien elle res-semblait peu à elle-même ! et quelle différence de cette expression forcée à celle de son portrait !

Théodore rentra seul dans la galerie,

et soudain il aperçut Ellésif et son père
venant droit à lui ; il tressaillit,.... changea de couleur,.... et se rangea pour
les laisser passer. Mille sentiments divers
remplissaient son cœur ; ses yeux étaient
fixés sur Ellésif, avec une inquiétude
qui se changea en désespoir lorsqu'elle
le salua froidement sans même le regarder.

Dans le premier moment, le comte
ne remarqua point Théodore ; mais au
mouvement convulsif de sa fille, il regarda autour de lui assez à temps pour
répondre à son respectueux salut.

Cependant, Ellésif entraînait rapidement son père, presque aussi agité que
Théodore. Son ancienne affection, le
besoin d'être pardonné, l'espoir du bonheur de sa fille, tout invitait le comte à
ralentir ses pas, à se retourner......Un
moment plus tôt, il aurait lu, dans les
yeux de son jeune et ancien ami, des
regrets, une tendresse qui ne lui auraient pas laissé de doute sur la nature

de ses sentiments : mais il hésita trop
long-temps ; la foule les sépara ; il ne le
vit plus. Il traversa les cours en soupirant, et soutenant avec peine les pas
chancelants de la malheureuse Ellésif,
que son courage et ses forces abandon-
naient depuis que Théodore avait disparu.

— Voulez-vous toujours que nous
quittions l'Espagne demain, mon enfant, lui dit son père en entrant dans
son appartement ?

— Oui, mon père, demain et pour
toujours. Courant ensuite se renfermer
dans sa chambre, elle passa la nuit dans
les larmes.

A son retour dans la salle, Théodore
trouva Gaston beaucoup trop occupé de
dona Isabella pour qu'il pût remarquer
sa pâleur et son trouble. Il s'efforça de
surmonter son émotion, pour faire valoir
sa modeste cousine aux yeux du chevalier.

Dans un autre moment, Théodore se

serait amusé de l'étrange métamorphose de Gaston qui, embarrassé, tremblant, gardait le silence; ou, s'il essayait de dire une de ses aimables folies, le faisait d'un air timide et gauche qui en détruisait tout l'effet; en un mot, pour la première fois de sa vie, il était sérieusement occupé de plaire, et ce vif désir lui faisait complètement manquer son but.

Théodore accompagna son ami à l'hôtel de l'ambassadeur. Pendant cette promenade, le chevalier retrouva sa volubilité pour exprimer sa joie, son admiration, et faire mille questions sur l'objet de son amour.

Le comte de Roncezvalles s'aperçut que son aimable cousine avait fait une profonde impression sur Gaston, auquel il traça le portrait le plus flatteur et le plus vrai, en lui promettant de le présenter à la marquise Amézaga.

Ils se séparèrent à l'entrée de la maison, quoique Gaston fût très-disposé à se promener et à parler toute la nuit:

mals Théodore, impatient de se livrer
en liberté à ses sentiments, se retira chez
lui.

L'air fier et glacial d'Ellésif était toujours présent à son imagination. Comment avait-il mérité un pareil traite-
ment? Quels étaient ses torts? Ah!
combien il s'était trompé sur le caractère
d'Ellésif?

Dans le premier moment de son
trouble, Théodore avait à peine remarqué la physionomie du comte; cependant il avait cru lire dans ses yeux un
tendre intérêt; emporté par l'affection
et la reconnaissance, il allait se jeter
dans ses bras: mais la froideur dédai-
gneuse d'Ellésif avait enchaîné ses pas.

— Il est temps de vaincre une indigne faiblesse! s'écria-t-il. Eloignons-
nous promptement de ces lieux, et cou-
rons offrir mon cœur et ma main à celle
qui me juge digne de faire son bonheur;..... un dernier effort, et qu'Olivia
règne seule dans mon âme!

Théodore appela ses gens, et leur
ordonna de tout préparer pour son départ le lendemain matin après avoir
déjeûné. Ensuite, il écrivit à Gaston
pour lui expliquer les motifs de son soudain départ. Il lui raconta les particu-
larités de sa rencontre avec Ellésif et son
père, son étonnement, son chagrin,
ses pénibles combats. « Je ne sais, ajou-
tait-il, combien de temps ils doivent
rester à Aranjuès, mais il est plus sage
de m'éloigner; je serai sur la route de
la Mirador lorsque vous recevrez cette
lettre. Je vous en envoie une pour la
marquise Amézaga. Quand vous me
manderez le départ du comte de Saint-
Etienne, j'irai vous rejoindre, mon
cher Gaston. Adieu; soyez heureux, et
je sentirai moins vivement mes maux;
adieu : jamais votre amitié ne fut plus
nécessaire à l'infortuné Roncezvalles. »

A la réception de cette lettre, le chevalier irrité se promit bien d'aller sur-le-
champ faire une visite au comte, pour

reprocher au père et à la fille leur ingratitude ou leur caprice. Malheureusement il succomba à la tentation de porter
d'abord sa lettre à la marquise Amézaga.
Il se trouva si bien près d'elle et d'Isabella, qu'il y passa toute la matinée, et
lorsqu'il arriva chez le comte de Saint-
Etienne, il le trouva parti depuis quatre
heures. Gaston maudissant son sort, et
condamnant son égoïsme, rentra chez
lui pour écrire à Théodore, et lui
avouer ses torts.

CHAPITRE IX.

ELLÉSIF était maintenant sur la route de France, cherchant vainement à dissiper le nuage de tristesse répandu sur le front de son père. Elle lui parlait des différents paysages qui s'offraient à sa vue, de la retraite dans laquelle ils allaient vivre, du plaisir qu'elle aurait à faire quelques changements pour lui et pour elle dans l'ameublement de leur demeure. Elle parlait de tout cela avec un sourire qui contrastait avec ses yeux pleins de larmes. Le comte les voyait couler avec un serrement de cœur qu'il ne manifestait pas, dans la crainte d'augmenter la douleur de sa fille, et feignait de ne rien remarquer.

Une scène qui s'était passée en pré-

sence d'Ellésif le jour de son départ,
dans l'antichambre de la reine, revenait dans ce moment à sa mémoire, et
causait son émotion.

Quelques jeunes dames plaisantaient
dona Francisca de Salazar sur sa cruauté
envers le comte de Roncezvalles. La
charmante fille, avec cette noble ingé-
nuité, apanage de la jeunesse, assura
positivement qu'elle n'avait point refusée sa main; que don Théodore ne
l'avait point demandée; que tout était
l'ouvrage de son tuteur, et qu'elle devait
encore de la reconnaissance au comte
de Roncezvalles pour le généreux silence qu'il avait gardé.

Le seul homme présent à cette décla-
ration était le marquis de Montanéjos.
Il ne put s'empêcher de regarder dona
Francisca avec un plaisir, une admiration qu'elle ne remarqua pas dans le
moment, mais qui laissèrent des traces
profondes dans le cœur du marquis.

Il était impossible à Ellésif de ne pas

admirer la conduite de dona Francisca,
et plus impossible encore de ne pas reconnaître que les grandes qualités de
Théodore surpassaient de beaucoup ses
torts. En effet, en avait-il d'autres que
celui de se faire trop aimer!.........
Dona Olivia elle-même, peut-être,
avait pris pour de l'amour les soins de
la simple galanterie, de l'amitié;... alors,
de quoi pouvait-on l'accuser?..... Tout
le blâme retombait sur elle. Cette réflexion l'accablait; elle ne put soutenir
long-temps la conversation, et le plus
profond silence régna entre le père et
la fille pendant le reste de la journée.

Le lendemain ils continuèrent leur
voyage : la journée fut chaude et acca-
blante. Vers le soir les nuages s'amon-
celèrent, le tonnerre gronda sur la cime
des monts, et les vents se déchaînèrent
avec violence. Le comte, habituellement
souffrant depuis sa dernière maladie, se
trouva extrêmement incommodé par
l'effet de l'orage, et témoigna le désir

de gagner promptement une habitation
pour y prendre du repos.

Le postillon pressa ses chevaux ef-
frayés ; à chaque instant ils s'arrêtaient,
se cabraient ou s'abattaient ; vingt fois
la voiture fut au moment d'être renver-
sée ou entraînée dans un précipice. Ellésif, uniquement occupée des souffrances de son père, ne songeait point au
danger. Le comte la grondait avec douceur de se tourmenter pour une légère
indisposition, lorsque la voiture, passant sur un tronc d'arbre, versa, mais
heureusement sans que nos voyageurs
éprouvassent aucun accident fâcheux.
Ils se dégagèrent promptement et se di-
rigèrent aussitôt, à la lueur des éclairs,
vers la chaumière d'un paysan, voisine
du lieu de leur chute.

Ce brave homme, veuf et demeurant
avec son fils, s'empressa de leur offrir
son petit logement et tous les secours
qui dépendaient de lui.

Cependant l'orage était entièrement

calmé : Ellésif proposa de faire réparer, s'il était possible, la voiture, et de poursuivre leur route jusqu'à la maison de plaisance de la princesse des Ursins, où ils avaient laissé la plus grande partie de leurs bagages, et la femme de chambre. Le comte y consentit et se retira dans une des chambres de la chaumière pour prendre quelque repos pendant qu'on travaillerait aux réparations nécessaires.

Aussitôt qu'il fut endormi, Ellésif sortit doucement, ferma la porte, et s'assit dans la pièce voisine, afin d'être à portée de secourir son père s'il avait besoin de ses soins.

La chaumière était entourée d'arbres touffus; cependant, par la seule fenêtre qui éclairait la pièce où se trouvait Ellésif, on apercevait un grand château qu'elle avait déjà remarqué. Le ciel, devenu plus serein, lui permit de distinguer mieux les objets. Quelle fut son émotion, en reconnaissant la Mirador! Grand dieu! elle était près de la de-

meure de Théodore ! peut-être sur ses
domaines !..... Mais hélas ! déjà loin de
lui ;..... Il assistait peut - être dans ce
moment à quelque fête nouvelle , tandis qu'elle , la mort dans le cœur , n'as-
pirait qu'à quitter le monde pour toujours ! ah ! s'écria-t-elle fondant en larmes,
avec quelle satisfaction je chercherais
un asile dans un cloître !..... mais je me
dois à mon père , il n'a plus que moi
pour le plaindre et pour le consoler.....

Dans ce moment quelqu'un entra :
Elle sif leva la tête ;.... à peine pouvait-
elle en croire ses yeux... Théodore !...
Théodore lui-même, étonné, troublé,...
s'avançait vers elle.... elle poussa un
cri et demeura immobile sur son siége,
hors d'état de prononcer un mot.

Théodore paraissait indécis ; cependant il s'avança, et, d'une voix émue :
Croyez, madame, que ma présence
n'est point la suite d'un projet, lui dit-
il sans oser lever les yeux. J'ai rencon-

tré par hasard le fils du propriétaire de
cette demeure ; il m'a dit que je pour-
rais être utile à quelques voyageurs, et
je ne savais pas à qui je m'empressais de
venir offrir mes services. Si ma présence
vous importune.....

Il s'arrêta ; mais Ellésif, oppressée par
mille sentiments divers, n'eut pas la force
de répondre.

Glacé par ce silence, Théodore continua, mais d'un air triste et abattu :
« — Si mademoiselle de Saint - Etienne
et son père veulent me faire l'honneur
d'accepter ma maison, ils n'auront point
à craindre la présence de celui qui depuis long-temps a perdu leur amitié... »

Il s'arrêta encore, et ajouta, d'une
voix entrecoupée : « Je me propose de
retourner ce soir à Aranjuès... »

L'agitation, le son de voix, le regard
de Théodore troublèrent tellement Ellésif, qu'elle couvrit son visage de ses
mains, et fondit en larmes. Théodore

s'approcha avec vivacité : — O ciel!
vous pleurez? lui dit-il avec tendresse;
que dois-je augurer de cette émotion?

Rien,.... rien, s'écria Ellésif hors
d'elle-même, honteuse de sa faiblesse,
craignant qu'il n'en devinât la véritable
cause, en se rappelant sa lettre à Anasthasia. Elle voulut se lever; mais ses genoux tremblants refusèrent de la soutenir; elle retomba sur son siége.

Il la contempla douloureusement,
sans parler, fit un pas vers elle, s'arrêta,
hésita,... et, cédant à un mouvement
irrésistible, il s'approcha, saisit ses
mains, et s'écria : Ellésif! dans cette
entrevue, peut-être la dernière, il faut
enfin que je vous fasse connaître mon
cœur tout entier :.... vous faites, hélas!
le malheur de ma vie; rang, fortune,
amis, tout cela n'est rien sans vous. Votre conduite me fit croire autrefois que
vous ne méprisiez point mes vœux,.....
que même vous daigniez payer de
quelque retour le pur amour que vous

m'inspiriez...... Fatale erreur qui détruisit le repos de ma vie !... Je n'aspirais
aux honneurs, aux richesses, que pour
obtenir votre main...... Le succès cou-
ronne toutes mes démarches, mon cœur
s'ouvre aux plus douces espérances,...
le sort nous réunit,... je vous revois,...
mais, helas! bien différente de ce que
vous étiez.... Cependant, quel est mon
crime ?.... m'est-il encore permis d'espérer ?...... insensible et trop aimable
Ellésif! ne me réduisez pas au désespoir.... soyez touchée de mes tourments;
récompensez ma constance, répondez à
mon ardent amour;.... j'oublierai vos
cruautés, et je vous dévouerai le reste
de ma vie.....

En achevant ces mots, Théodore saisit avec vivacité la main d'Ellésif et la
pressa sur ses lèvres. Rappelée à elle-
même par ce mouvement, Ellésif essaya
encore de se lever, et d'une voix faible
et à peine intelligible : — Vous me dé-
sespérez, lui dit-elle! Pourquoi cher-

cher à m'abuser? Puis-je ajouter foi aux discours de celui qui m'a déjà trompée?.... — Que voulez-vous dire? interrompit Théodore avec impétuosité : parlez, au nom du Ciel, Ellésif; parlez!

Ellésif avait la main sur ses yeux pour dérober la vue de ses larmes, et, tirant un papier de son sein et le remettant à Théodore : — Voyez, lui dit-elle, à demi-suffoquée par la douleur, et jugez-vous.

— Voilà donc mon crime, répliqua Théodore en reconnaissant sa lettre; et c'est vous, vous qui m'accusez! — Heureuse Anasthasia! s'écria douloureusement Ellésif. Cette exclamation, la tournure équivoque de la lettre, le long silence d'Ellésif, sa conduite, tout se réunit pour dévoiler le mystère à Théodore, qui, transporté d'amour et de joie, se précipita aux genoux d'Ellésif, et, dans un moment, détruisit ses soupçons et ses alarmes. Il est plus facile d'imaginer que de peindre le bonheur

des deux amants après tant d'inquiétudes
et de tourments. Ils se firent le récit de
leurs peines, et ce récit donna un nouveau charme à leur situation présente.
Ni l'un ni l'autre ne put expliquer cependant comment Anasthasia se trouvait en possession de la lettre de Théodore, et pourquoi elle s'était permis
d'agir au nom de sa sœur sans la consulter : mais ils ne s'arrêtèrent pas à deviner cette énigme ; rien ne pouvait plus
ajouter à leur félicité, à leur confiance
mutuelle.

Cependant le comte de Lauvenheilm
reposait toujours, et Théodore, malgré l'ivresse de sa joie, malgré l'entretien si doux d'Ellésif, attendait son
réveil avec impatience pour obtenir de
sa bouche la confirmation de son bonheur.

Dans la situation où se trouvait le
comte, la surprise pouvait lui devenir
funeste. Ellésif voulut le prévenir seule
de tout ce qui s'était passé ; Théodore y

consentit non sans peine, et resta pendant qu'Ellésif entrait doucement dans la chambre du comte de Lauvenheilm qui s'éveillait dans le moment même.

Elle s'approcha doucement, et s'assit auprès de son père en s'informant de sa santé. Son agitation, l'émotion de sa voix, la joie extraordinaire qui brillait dans ses regards frappèrent le comte, qui ne put s'empêcher de manifester sa surprise et sa curiosité en s'écriant : — Mon Ellésif, qu'est-il arrivé ?.... votre physionomie.... — Ah ! mon père, il nous aime toujours !.... Et, tombant aux genoux du comte : .... Il est là, mon père,.... il est là.... brûlant de vous entendre le nommer votre fils ! ....

C'en était trop pour un homme accablé depuis long-temps par le remords, la douleur, la souffrance.... Le comte pâlit, ses yeux se fermèrent : Ellésif effrayée poussa un cri terrible. L'entendre, s'élancer, tomber à côté d'elle aux genoux du comte, fut pour

Théodore l'affaire d'un moment. Le comte, en revenant à lui, se trouva pressé dans les bras des êtres chéris qui allaient désormais donner du prix à son existence…. Que de soupirs!…. quelles douces larmes!…. quels tendres embrassements!…. quel éloquent silence!…..

La scène qui suivit fut mêlée de peines et de plaisir. Le comte de St.-Etienne ne voulut pas que Théodore pût conserver aux yeux de sa fille l'apparence même d'un tort. En vain son généreux ami le conjura d'oublier entièrement le passé, d'épargner à la sensibilité d'Ellésif d'inutiles détails, le comte persista, fit noblement l'aveu de toutes ses fautes, et rendit hommage au noble caractère, à l'inébranlable vertu de son jeune ami.

Maintenant plus de soucis. Le passé disparut comme un rêve pénible, et l'amour s'embellissant des plus riantes espérances, tout promettait un bonheur assuré.

Le comte, cédant à l'impatience de

ses enfants, couronna bientôt leurs vœux
par une union désirée depuis si long-
temps, et mit le comble à leur félicité
en se fixant auprès d'eux. Il choisit la
Torre de la Marboré pour sa résidence,
et partagea son temps entre l'amitié,
l'étude et l'agriculture. Retiré du monde
qu'il ne regardait pas en misantrope,
mais en homme désabusé, il ne fré-
quenta plus la cour, mais reçut et visita
avec plaisir les amis de son fils. Insensiblement son cercle s'agrandit, et la
Torre de la Marboré devint le rendez-
vous de tous les voyageurs distingués.
Bientôt le nom du comte de St. Etienne
devint aussi célèbre parmi les gens de
lettres, aussi cher aux malheureux,
aussi respectable pour tous, que l'avait
été jadis celui du comte de Lauvenheilm.

Gaston apprit avec la plus vive joie
le bonheur de ses amis, et vint bientôt
compléter la réunion; mais il ne vint
pas seul. Ses soins, son amour avaient
touché le cœur d'Isabella, et cette ai-

mable personne, devenue son épouse,
l'accompagna dans sa visite. Séduite par
l'exemple de sa sœur, et désabusée d'un
attachement sans espoir, Olivia imita
son exemple; et, cédant aux vœux em-
pressés de don Julian Casilio, lui donna
son cœur et sa main. Douée de mille
qualités précieuses, dona Olivia recevait
avec facilité de tendres impressions,
mais, heureusement pour son repos, les
perdait avec promptitude loin de celui
qui les avait fait naître. Ce n'était pas légèreté, inconstance, c'était disposition
naturelle, peut-être faiblesse de caractère. On pouvait comparer son cœur à
l'onde calme et pure où les objets pro-
chains fidèlement réfléchis s'évanouissent
dès qu'ils s'éloignent de ses bords. Affaiblie par les premiers obstacles, sa préférence pour Théodore cessa avec ses espérances. La marquise, pour la distraire et dissiper sa mélancolie, l'en-
voya aux bains d'Abajo, et le succès
répondit à ses vœux. Il est vrai que don

Julian, trouvant aussi ces bains indispensables à son excellente santé, y vint en même temps qu'Olivia, et fut la véritable cause de sa guérison. Leur union et celle de Montanéjos avec doña Francisca mirent le comble au bonheur de don Théodore, qui ne jouissait qu'imparfaitement tant que ses amis n'étaient pas aussi heureux que lui.

Un reste d'embarras empêcha la timide Olivia de consentir d'abord au projet de son mari qui voulait accompagner Gaston à la Mirador : don Julian n'insista pas, et remit le voyage à une autre époque; elle arriva bientôt, car la marquise Amézaga, impatiente de féliciter et d'embrasser son cher neveu, détermina sa fille à l'accompagner, et bientôt l'heureux Théodore vit augmenter sa société de trois personnes bien chères à son cœur.

Ellésif reprit son ancienne gaieté et son aimable vivacité; le bonheur la rendit plus belle que jamais : les amis de

Théodore devinrent les siens; au premier rang elle plaçait le vénérable Dofrestom et la bonne Catherine, dont le ciel récompensait les vertus en les rendant témoins de la félicité de leur fils adoptif. Ellésif partageait la reconnaissance de Théodore, et disputait avec lui de soins et de tendresse pour ses vieux amis.

Ainsi s'écoulait leur vie dans les douceurs d'un mutuel amour, dans l'exercice de la bienfaisance, au milieu de véritables amis... Bonheur pur.... bonheur parfait : car ils l'avaient acheté par de pénibles épreuves sans qu'il en coûtât un seul sacrifice à la vertu.

FIN DU QUATRIÈME ET DERNIER VOLUME.

www.ingramcontent.com/pod-product-compliance
Lightning Source LLC
Chambersburg PA
CBHW070514030726
47503CB00004B/1268